Francis Frangipane

„Der Ort der Bewahrung“

Francis Frangipane

„Der Ort der Bewahrung“

Verlag Gottfried Bernard
Solingen

Titel der Originalausgaben: *The Place of Immunity*
The Divine Antidote
by Francis Frangipane

Übersetzung: Werner Geischberger
Satz: CONVERTEX, Aachen
Grafik: image design, A. Fietz, Landsberg
Druck: Ebner Ulm

Alle Bibelzitate stammen aus der Elberfelder Bibel,
es sei denn, sie sind anderweitig gekennzeichnet.

ISBN 3-925968-77-6

Dieser sowie alle weiteren Titel aus dem Verlag Gottfried Bernard
sind erhältlich bei: ASAPH Buch- und Musikvertrieb GmbH,
Postfach 2889, D-58478 Lüdenscheid

Inhalt

Vorwort

Aufgrund des inneren Zusammenhangs von *Der Ort der Bewahrung* und *Das göttliche Gegengift* erscheinen beide Bände in einem Buch. Im ersten Band, *Der Ort der Bewahrung*, geht es um die Tatsache, daß Gott seinem Volk geistlichen Schutz bietet. Obwohl dieses Thema in gewisser Hinsicht im zweiten Band weitergeführt wird, empfehle ich Ihnen unbedingt, *Der Ort der Bewahrung* als erstes zu lesen. Im zweiten Band – *Das göttliche Gegengift* – behandeln wir unter anderem die Frage, wie man sich konkret vor Flüchen und Zauberei schützt.

Wir beten dafür, daß *Der Ort der Bewahrung* und *Das göttliche Gegengift* nicht nur bei der Darstellung dieses Themas einander die Hand reichen, sondern auch dem Leser auf seinem Weg eine wertvolle Begleitung sind. Und hoffentlich bereiten sie durch die Gnade unseres Herrn Jesus der Gegenwart Gottes in unseren Herzen eine Wohnung.

Band 1

Der Ort der Bewahrung

Es gibt einen Ort für uns, an dem sich kein Dämon aufzuhalten wagt ...

Einführung

In der Bibel ist von einer Zeit die Rede, in der Satan auf die Erde losgelassen wird. Er hat **„... große Wut, da er weiß, daß er nur eine kurze Zeit hat“** (Offb 12,12). Während einige Christen bezweifeln, daß der Leib Christi Opfer dieser höllischen Kriegstreiberei werden wird, ist die derzeitige Eskalation des Bösen in unserer Welt unbestreitbar.

Wie reagieren wir darauf? Gibt es für uns eine gottgegebene, christliche Entsprechung zur Arche Noah? Gibt es ein geistliches „Land Goschen“, wo wir in Zeiten göttlichen Gerichts sicher wohnen können? Wir glauben, die Antwort auf diese Fragen ist: „Ja!“ Gott bietet den Christen geistlichen Schutz, einen Ort der Bewahrung, an dem unsere Seelen stets Sicherheit und Zuflucht finden.

Wenn wir von „Bewahrung“ sprechen, meinen wir damit nicht, daß uns nie wieder Leid, Verfolgung oder gar Tod um Jesu Willen treffen werden. Schließlich heißt es ja: **„Alle aber auch, die gottesfürchtig leben wollen in Christus Jesus, werden verfolgt werden“** (2 Tim 3,12). Wir haben auch nicht die Erwartung, je einen Ort zu finden, an dem wir so „geistlich“ sind, daß wir endlich von der Welt geliebt werden. Denn wenn sie Jesus haßte, wird sie auch uns hassen (Joh 15,18-19). Der Ort der Bewahrung ist der Schirm Gottes, jene Wohnung des ewigen Lebens, die er für unsere Seelen bereitet hat.

Wenn wir diesen Ort einmal gefunden haben, kann uns keine noch so schlimme Lebenssituation in die Knie zwingen; Gott selbst bewahrt uns in jeder Lage. Jede Not und jeder teuflische Plan, der gegen uns geschmiedet wird, dient uns zum Besten. Die erlösende Kraft Christi kehrt die Pläne Satans in ihr Gegenteil um und macht die Auswirkungen des Todes in unserem Leben zunichte.

Auch wenn Sie sich derzeit an einem Punkt befinden, an dem sie von Furcht, Sünde oder emotionellen Tiefschlägen gepeinigt werden, stellt dieser Istzustand für den Allmächtigen kein Hindernis dar. Von Ihrem jetzigen Standpunkt aus, in Ihrer aktuellen Situation können Sie den Ort der Bewahrung erreichen.

Francis Frangipane

Von Gott bewahrt

Wir wissen, daß jeder, der aus Gott geboren ist, nicht sündigt; sondern der aus Gott Geborene bewahrt ihn, und der Böse tastet ihn nicht an.

– 1. Johannes 5,18 –

1

Wo die Verzweifelten Gott finden

Starker „Druck"

Jesus stellte die letzten Stunden unserer Zeit unter ein prägnantes Schlagwort. Er nannte jene Phase die „große Trübsal". Das Wort „Trübsal" bezeichnete „schmerzerfüllte Niedergeschlagenheit oder Not; ein Druck oder eine Bürde, die auf dem Geist lastet". Je näher wir dem Ende der Zeit kommen, desto mehr werden katastrophale Notlagen und der Druck überhandnehmen.

Führen Sie sich nur die Realität vor Augen: In Amerika stirbt derzeit alle zwei Stunden ein Kind an Schußwunden (*USA Today*, 2.2.1994). Auf Mord stand früher die Todesstrafe; heute kommt man dafür nur noch durchschnittlich 1,8 Jahre ins Gefängnis (*NBC Nachrichten*, 1.2.1994). In der *Business Week* konnte man lesen, die zu erwartende Strafe für ein Schwerverbrechen betrage durchschnittlich nur noch 11 Tage.

Da es keine Abschreckung mehr gibt, geht eine wahre Flut der Gewalt und der zügellosen Gesetzlosigkeit über Amerika hinweg, die ihrerseits wieder zu Angst, Unruhen und Ausschreitungen führt. Gegenseitiger Respekt und Ordnung, Dinge, die uns früher so vertraut waren, sind inzwischen derart ausgehöhlt, daß man sie kaum noch wiedererkennt. Je mehr unsere Zivilisation ins soziale Chaos sinkt, desto mehr geraten auch jene Zeiten in Vergessenheit, in denen das Leben noch einfach und intakt war.

Wenn Sie zu jenen gehören, die sich der um sich greifenden Finsternis unerbittlich entgegengestellt haben, dann wissen Sie aus eigener Erfahrung, an wievielen Fronten man mit ganzem Einsatz kämpfen muß. Gleichgültig, ob Sie dafür kämpfen, daß die Wunden Ihrer Stadt geheilt werden, oder ob Sie gegen Abtreibung und Pornographie ins Feld ziehen – für jedes Übel, das man besiegt hat, scheinen sofort zehn neue aufzutauchen.

Die Christen an der Front sind müde. Etliche stehen dort nur noch pro forma; andere haben den Kampf ganz aufgegeben. Daniel warnt vor einer Zeit, in der der Feind **„… die Heiligen des Höchsten aufreiben"** wird (Dan 7,25). Um in dieser Zeit, in der wir leben, siegreich bleiben zu können, müssen wir den Ort der Bewahrung entdecken, den Gott für uns vorbereitet hat.

Elia war ein Mensch wie wir

Elia hatte Leidenschaften wie wir und kämpfte in einem Krieg wie wir. In seiner Schlacht um die Seele Israels widersetzte er sich den Listen Isebels und Ahabs. Doch sein größter Kampf richtete sich gegen seine eigene Entmutigung.

So kühn Elia auch war, er lebte dennoch wie ein Flüchtling und zog von Versteck zu Versteck. Isebel hatte praktisch alle Propheten des Herrn umbringen und durch die Satanspriester des Baal und der Aschera ersetzen lassen.

Doch der Herr hatte noch einmal die Initiative ergriffen. Elia und die Baalspriester sollten jeweils ihren Göttern einen Altar bauen. Der Gott, der das Opfer mit Feuer verzehren würde, wäre der wahrhaftige Herr. König Ahab und ganz Israel kamen, um sich diese Auseinandersetzung anzusehen.

Obwohl sie sich nach Leibeskräften anstrengten, konnten die Baalspriester ihrem Gott keine Reaktion abringen. Doch als Elia betete, fiel sofort Feuer auf sein Opfer. Das war Elias größter Sieg, und als die Israeliten diesen Machtbeweis Gottes sahen, fielen sie auf ihr Angesicht nieder und sagten: **„Der Herr, er ist Gott! Der Herr, er ist Gott!“** (1 Kön 18,39)

Doch der Herr war noch nicht fertig. Nachdem Elia die Baalspriester vernichtet hatte, betete er, und der Herr sandte Regen, der eine schreckliche, dreijährige Dürrezeit beendete. An einem einzigen Tag fielen sowohl Feuer als auch Regen vom Himmel! Hätte sich dies in irgendeiner anderen Phase der Geschichte Israels zugetragen, hätte die ganze Nation Buße getan – doch nun blieb diese Buße aus. Man hätte aufgehört, Baal zu verehren – doch nun machte man weiter. Nichts änderte sich. Statt einer Erweckung geschah das genaue Gegenteil: Isebel war so zornig, daß sie gelobte, Elia umzubringen. Deshalb floh Elia und ließ sich schließlich erschöpft und entmutigt in der Wüste unter einem Ginsterstrauch nieder. Dort betete der Prophet: **„Es ist genug. Nun, Herr, nimm mein Leben hin! Denn ich bin nicht besser als meine Väter“** (1 Kön 19,4).

Haben Sie auch gesagt: „Es ist genug“? Vielleicht sind Sie frustriert, weil Sie nicht in der Lage sind, in Ihrer Familie, Ihrer

Gemeinde und in der Gesellschaft wirklich etwas zu verändern. Vielleicht haben Sie alles gegeben und nur wenig Erfolg gehabt. Verzagt und ausgelaugt wünschten Sie sich den Tod wie Elia. Sie sagen: *„Es ist genug! Ich habe getan, was ich konnte!“*

Elia legte sich hin und schlief. Da rührte ihn ein Engel an und forderte ihn auf: **„Steh auf, iß!“** Neben seinem Kopf standen Brot und Wasser. Elia, der am Leben verzweifelt war, aß und legte sich wieder schlafen. Der Engel berührte ihn noch einmal. **„Steh auf“**, sagte er, **„iß! Denn der Weg ist zu weit für dich“** (V. 5-7).

In all unseren Visionen, Plänen und Programmen können wir den Willen Gottes ohne die Kraft Gottes nicht umsetzen. Auch für uns ist der Weg „zu weit“. Wir brauchen die Kraft, die einzig und allein durch die Berührung Gottes kommt.

Zurück zu den Anfängen

„Da stand er auf und aß und trank, und er ging in der Kraft dieser Speise vierzig Tage und vierzig Nächte bis an den Berg Gottes, den Horeb“ (V. 8). Der Herr gab Elia Kraft, nicht, um ihn wieder in die Schlacht zurückschicken zu können, sondern um ihn zu grundsätzlichen Dingen zurückzuführen.

Wenn wir vom Wunsch beseelt, die uns von Gott übertragenen Aufgaben zu erledigen, unsere tägliche Zeit mit dem Herrn opfern, werden wir bald austrocknen und verzagen. Der Herr führt uns zurück zu den Grundlagen unseres Glaubens, um unsere Seele wiederherzustellen. Er erinnert uns daran, daß es nicht unser vornehmstes und höchstes Ziel ist, unsere Nation zu retten, sondern ihm Freude zu machen. Ohne dieses Ziel vor Augen verlieren wir den Kontakt mit der Gegenwart Gottes und stehen außerhalb des Orts der Bewahrung.

Elia wurde zum **„Berg Gottes, dem Horeb“** geführt. Das hebräische Wort *horeb* bedeutet *„Verwüstung“* – das kahle Land, das sich in Elias Seele widerspiegelte. Das war nicht das erste Mal, daß Gott einen seiner Diener zum Horeb führte. Fünf Jahrhunderte zuvor war er hier dem Mose im brennenden Dornbusch erschienen. In seinem Feuereifer hatte Mose versucht, Israel aus der ägyptischen Knechtschaft zu befreien, und dabei versagt. Auch er war zum Horeb geflohen. Auf der Flucht vor dem Pharao lebte Mose vierzig Jahre lang in der „Verwüstung“.

Als der Herr Mose zum Horeb brachte, hatte das zwei Gründe: Er wollte sich seinem Diener offenbaren und einen Neuanfang schaffen, der einzig und allein auf der lebenserhaltenden Kraft Gottes basieren würde. In Moses Augen war der Horeb eine Zeit der „Verwüstung“. Doch für Gott war der Horeb der Ort, wo er seine Knechte auf einen Neuanfang vorbereitete. Wie der Herr damals Mose begegnet war, würde er nun Elia begegnen.

Wie bist du hierhergekommen?
Elias größte Tugend war wohl sein Eifer. Wie wir noch sehen werden, erwähnt er im Lauf seines Gesprächs mit Gott zweimal, er habe für den Herrn **„sehr geeifert“**. Doch Eifer ohne Weisheit wird letztendlich selbst zum Götzen – er zwingt uns, Dinge zu erwarten, die unrealistisch sind und außerhalb des Zeitplans und der Salbung Gottes stehen.

Wer ausgeglichen bleiben will, muß seinen Eifer durch „strategisch“ wichtige Begegnungen mit dem lebendigen Gott zügeln und in die rechten Bahnen lenken lassen; sonst wird er von Menschen enttäuscht und durch Verzögerungen entmutigt und verläßt seinen Ort der Stärke und des geistlichen Schutzes.

Elia war zum Horeb gekommen und ging in eine Höhle, um dort zu übernachten. Schon bald hörte er das Wort des Herrn: **„Was tust du hier, Elia?“** (V. 9)

Das ist eine der wichtigsten Fragen, die uns Gott je stellen kann. *Was tust du hier? Wie konnte dein Dienst für mich so trocken und trostlos werden? Wann hast du dich von deiner ersten Liebe abgewandt?*

In unserer Zeit haben diese Fragen ganz besondere Bedeutung: Wir können uns permanent mit dem Niedergang unserer Gesellschaft beschäftigen und darüber aus den Augen verlieren, daß sich gleichzeitig auch der Zustand unserer eigenen Seele verschlechtert. Aus Liebe gebietet der Herr uns Einhalt und verlangt von uns, daß wir unser eigenes Leben unter die Lupe nehmen. *So wie ich nun dahinlebe – ist dies jenes Leben im Überfluß, das Christus mir versprach?*

Am Horeb können wir ehrlich sein. Wir müssen niemandem etwas beweisen und uns nicht so gut wie möglich „verkaufen“. Hier brechen die inneren Mechanismen der Selbstverteidigung und des Stolzes zusammen. Wenn wir enttäuscht sind, haben wir die Freiheit, dies zu sagen; wenn wir frustriert sind, können wir es zugeben. Wir müssen einfach nur den Zustand unseres Herzens realistisch einschätzen, ohne gleich für alles logische Gründe und Ausflüchte zu finden.

> Wer sich so sehr damit beschäftigt, daß es mit unserer Welt zusehends bergab geht und dadurch nicht mehr erkennt, daß sich auch der Zustand seiner eigenen Seele verschlechtert, geht in die Irre.

Wenn wir transparent werden, nähert sich die Gegenwart Gottes unserem Herzen. Und haben wir nicht genau diese innige Beziehung mit Gott vernachlässigt? Und ist nicht der Herr allein unsere Kraftquelle für den Kampf? Wenn uns der Feind davon abhalten kann, allein Zeit mit Gott zu verbringen, verhindert er dadurch auch, daß wir unsere Aufgaben in der Kraft Gottes erledigen.

Sie erinnern sich sicher noch daran, wie es Josef und Maria erging, als sie zum Passafest nach Jerusalem gekommen waren (Lk 2,41-49). In der Meinung, Jesus befinde sich unter der Reisegesellschaft, machten sie sich wieder auf den Heimweg. Doch Jesus war weder bei ihnen noch bei ihren Verwandten. Drei Tage später fanden sie ihn im Tempel.

So geht es vielen von uns: Weil wir so sehr mit unseren Kämpfen beschäftigt sind, fällt uns nicht einmal auf, daß Jesus uns nicht mehr begleitet. Die Eltern Jesu gingen dorthin zurück, wo sie ihn das letzte Mal gesehen hatten; dasselbe gilt für uns. Um uns zu erneuern, führt uns Gott zurück zur letzten Begegnung mit dem lebendigen Christus. Er führt uns zurück zu den Grundlagen.

Je schlimmer Druck und Kampf in unserer Zeit werden, desto mehr werden wir erkennen, daß die Salbung von gestern für die heutige Schlacht nicht mehr ausreicht. Im nächsten Kapitel werden wir erfahren, wie der Herr auf diesem heiligen Berg Elia einen Neuanfang schenkte, der letztlich einen „zweifachen Anteil" Kraft für seinen Diener Elisa freisetzte. Mit Hilfe dieser neuen Salbung würde Isebel vernichtet und die Baalsverehrung abgeschafft werden!

Damit wir in unserer heutigen Zeit denselben Durchbruch erleben, führt Gott uns zurück zur schlichten und reinen Hingabe an Christus (2 Kor 11,1-3). Was uns wie eine Zeit der „Wüste" vorkommt, ist im Grunde eher eine Zeit der Vorbereitung: *Eine Erweckung großen Stils kommt über unser Land!* Hier, an Ihrem „Horeb", bereitet Gott Sie auf einen Neuanfang vor. Wenn Sie wieder in die Schlacht ziehen, werden Sie von einem Ort der Bewahrung aus streiten.

Herr Jesus, ohne dich ist mein Leben trocken und trostlos. Vergib mir, daß ich versuchte, deinen Willen ohne deine Gegenwart zu tun. Ich brauche dich so sehr, Herr.

Ich entscheide mich heute in meinem Herzen dafür, wieder zu meiner ersten Liebe zurückzukehren. Lehre mich, Herr, daß ich die innige Beziehung mit dir als ausschlaggebenden Gradmesser meines Erfolgs schätzen lerne. Laß mich deine Herrlichkeit schauen; offenbare mir deine Güte; Heiliger Geist, führe mich in die Gegenwart Jesu Christi. Amen.

Gefangene mit einer Hoffnung

Auch will ich, was dich betrifft, um des Blutbundes willen, den ich mit dir geschlossen habe, deine Gefangenen in Freiheit setzen aus der wasserleeren Grube.

Kehret zu einem festen Wohnsitz zurück, ihr Gefangenen, die ihr noch hoffen dürft! Schon heute ergeht die Verkündigung: „Zwiefältigen Ersatz gebe ich dir!"

– Sacharja 9,11-12 (Menge) –

2

Die Wege Gottes kennen

Wirklich erfolgreich sein

Es gibt auffallende Parallelen zwischen Mose und Elia. Beide erschienen Jesus auf dem Berg der Verklärung und beide machten zu ihren Lebzeiten eine lange Phase der Niedergeschlagenheit und Verzweiflung durch. Doch beide fanden Gott ganz neu auf dem Berg Horeb. Ihre Begegnungen mit dem Herrn, die sehr ähnlich verliefen, haben symbolische Bedeutung für all jene, die nicht verstanden haben, warum sie eine Zeit der Verwüstung durchmachen mußten.

Wie im ersten Kapitel bereits erwähnt, war der Berg Horeb ein Ort, an dem eine verzweifelte Seele ganz neu die Gegenwart Gottes finden konnte; er war auch ein Ort, an dem der Herr seinen Dienern neue Aufgaben zuteilte und neue Kraft schenkte. Die Erfahrung am Horeb zeigt uns, daß Gott unsere Zeiten der Verzweiflung und Niedergeschlagenheit nützt, um uns auf eine größere Herrlichkeit vorzubereiten.

Werfen wir noch einen Blick auf Moses zweite Begegnung mit Gott am Horeb. Dadurch werden wir nicht nur verstehen, was Elia mit Gott erlebte, sondern auch das, was wir dabei erkennen, auf unser eigenes Leben anwenden können.

Wie Elia war auch Mose von den Menschen enttäuscht. Obwohl Israel kurze Zeit vorher am Roten Meer durch die Hand Gottes befreit worden war, kehrte es zum Götzendienst zurück. Mose zerschlug in seinem Zorn die Gesetzestafeln, die Gott ihm gegeben hatte, und aus seiner glühenden Leidenschaft heraus schalt er das Volk Israel.

Mose tobte vor Zorn über das Volk Gottes, doch als er auf den Horeb stieg, änderte sich sein Gesichtsausdruck. Vielleicht erkannte er, daß er einzig und allein bei Gott dauerhaften Frieden finden könnte.

> Mose begriff, daß man zunächst im Herrn Erfüllung finden muß, um den Menschen wirklich dienen zu können.

Als Mose sich nun der Herrlichkeit Gottes näherte, erbat er sich deshalb auch mehr als nur den Sieg für Israel im Kampf; er bat darum, den Herrn kennenlernen zu dürfen. Seine größte Errungenschaft wäre nicht, Israel anzuführen und zu befreien, sondern seine innige Beziehung mit Gott.

Er betete: **„Und nun, wenn ich also Gunst gefunden habe in deinen Augen, dann laß mich doch deine Wege erkennen, so daß ich dich erkenne ...“** (2 Mose 33,13). Gott zu kennen ist die höchste Ehre, die einem Menschen zuteil wird. Doch wir können den Herrn nicht wirklich kennen, wenn wir seine Wege nicht kennen. Seine Wege kennen heißt, in die Absichten seines Herzens eingeweiht und mit den Geheimnissen der Leidenschaften Gottes vertraut sein; seine Wege kennen heißt, über die Entschlossenheit seiner Liebe staunen und, angespornt durch sein Herz für das Niedrige, demütig werden.

Vor einigen Jahren zeigte mir der Herr, daß ich ihn im Grunde nur recht bruchstückhaft kannte. Eines Abends erfüllte seine Gegenwart mein Schlafzimmer; ich brauchte keinen besonderen Glauben, um zu wissen, daß er da war. Augenblicklich wurde mir bewußt, wie sehr sich meine religiöse Erkenntnis Gottes von der tatsächlichen Erkenntnis, daß *Gott* Herr meines Lebens ist, unterschied. Meine eigene Erkenntnis war wie eine kleine Handvoll unvollständiger Informationen, eine winzige Insel im Meer göttlicher Realitäten. Ich betete: *„Herr, ich kenne dich schon seit vielen Jahren, doch wie du wirklich bist, habe ich kaum erkannt!“*

Die Bibel sagt, Gott habe den Söhnen Israels seine *Taten* offenbart; Mose hingegen gab er Einblick in seine *Wege* (Ps 103,7). Am Horeb begann der Herr, Mose seine Wege kundzutun.

Mose bat darum, die Herrlichkeit Gottes schauen zu dürfen. Es ist bezeichnend, daß der Herr ihm seine *Güte* offenbarte. Seine Güte ist die Quelle seiner Herrlichkeit; Gottes Wege kennen heißt, mit der ihm wesenseigenen Güte vertraut werden.

Der Herr versprach Mose: **„Mein Angesicht wird mitgehen und dich zur Ruhe bringen“** (2 Mose 33,14). Wenn Gottes Gegenwart unsere Taten begleitet, wird all die Energie, die wir früher für unsere Sorgen und Planungen verbrauchten, gleichsam regeneriert und Gott in Form von Lobpreis und Dienst zurückgegeben. In die Ruhe Gottes eingehen heißt nicht, daß wir *inaktiv* werden, sondern daß Gott *aktiv* wird.

Deshalb ruft Jesus: **„Kommt her zu mir, alle ihr Mühseligen und Beladenen, und ich werde euch Ruhe geben“** (Mt 11,28). Wie nötig es der müde und verzweifelte Leib Christi in unserer Zeit doch hat, zu Jesus zurückzukehren und wieder in die Ruhe Gottes einzugehen! Wenn wir in einem Joch mit Jesus gehen, liegen unsere Lasten auf ihm, und er trägt sie mit seiner Kraft und seinen Fähigkeiten. In unserer Schwäche wird er uns zu einer unerschöpflichen Quelle; in unserer Unkenntnis wird er uns zu einer Antwort, die nie ausbleibt. Am Ort der Ruhe ist Christus unsere Lebensquelle; dort fließen Gnade und Befähigung. Wir können unsere von Ängsten bestimmten, mühseligen Arbeiten einstellen und ihm losgelöst von unseren eigenen Vorstellungen und Traditionen in der unbegrenzten Macht seiner Stärke dienen.

Gott sorgt sich seit eh und je mehr um unser Herz als um unsere Taten. *Wie wir ihm gegenüber stehen, ist ihm weitaus wichtiger als alles, was wir für ihn tun.* Er möchte unsere Liebe und Kameradschaft. **„Eifersüchtig sehnt er sich nach dem Geist, den er in uns wohnen ließ“** (Jak 4,5). Wenn wir uns nun mehr unserem Handeln als dem Herrn hingeben, wird er persönlich unseren Erfolg verhindern.

Aus Liebe befreit Gott uns vom bloßen Feuer unseres Eifers, dem die Salbung fehlt. Er bringt unsere Energie absichtlich zum Versiegen. Der Herr besteht darauf, daß unser Erfolg nicht von unserer eigenen Kraft herrühre, sondern von unserem Einssein mit ihm. Unsere Zeit der „Verwüstung“ wird zu einem Werkzeug in seiner Hand, mit dem er uns in eine tiefere Abhängigkeit von sich führt. Am Horeb offenbart uns Gott trotz unseres Gefühls, versagt zu haben, seine Güte. Elia mußte unbedingt wieder Gottes Güte erkennen und zu ihr zurückkehren – dasselbe gilt auch für uns.

Rückzug in die Höhle

Auf die Frage des Herrn **„Was tust du hier, Elia?“** erwiderte dieser:

> **„Ich habe sehr geeifert für den Herrn, den Gott der Heerscharen. Deinen Bund haben die Söhne Israel verlassen, haben deine Altäre niedergerissen und deine Propheten mit dem Schwert umgebracht! Und ich allein bin übriggeblieben, ich allein, und nun trachten sie danach, auch mir das Leben zu nehmen.“** (1 Kön 19,10)

Es kann niederschmetternd sein, sein Bestes zu geben und dennoch zu versagen. Elia hatte sich durch das Volk Gottes entmutigen lassen. In der Meinung, versagt zu haben, floh er vor Isebel und bettelte Gott, ihm das Leben zu nehmen.

„Hingezogene Hoffnung macht das Herz krank ...“ (Spr 13,12). Elia sehnte sich so sehr danach, daß die Nation durch Buße wachgerüttelt würde, begriff jedoch nicht, welche Rolle er dem Willen Gottes zufolge dabei spielen sollte. Vielleicht war es Elias größter Fehler, die Last einer Erweckung Israels auf seinen eigenen Schultern zu tragen. Da er seinen eigenen Platz nicht kannte, nahm er den Platz Gottes ein.

Wenn das Herz von Entmutigung zerfressen wird, verliert man leicht den Blick nach vorne. Wir dürfen eins nie vergessen: Abgesehen von der unterstützenden Mitarbeit des Heiligen Geistes kann niemand das Herz eines anderen Menschen verändern. Elias Entmutigung war größtenteils darauf zurückzuführen, daß er von sich selbst etwas Unrealistisches erwartet hatte.

Niedergeschlagen, allein und verletzt zog sich Elia in eine Höhle zurück. In unserem Fall kann Selbstmitleid auch wie eine Höhle werden, ein finsteres Loch der Einsamkeit und des Schmerzes, wo wir praktisch nichts anderes mehr hören als das Echo unserer eigenen Stimme, das unsere Probleme übersteigert und verzerrt darstellt.

Der Herr rief Elia aus der Höhle heraus und sagte zu ihm: **„Geh hinaus und stell dich auf den Berg vor den Herrn!“** (V. 11) Als Elia seine finstere Höhle verlassen hatte, geschah etwas Gewaltiges:

> **„Und siehe, der Herr ging vorüber. Da kam ein Wind, groß und stark, der die Berge zerriß und die Felsen zerschmetterte vor dem Herrn her; der Herr aber war nicht in dem Wind. Und nach dem Wind ein Erdbe-**

ben; der Herr aber war nicht in dem Erdbeben. Und nach dem Erdbeben ein Feuer, der Herr aber war nicht in dem Feuer. Und nach dem Feuer der Ton eines leisen Wehens.“ (1 Kön 19,11-12)

Eine neue Offenbarung Gottes

Manchmal muß Gott unser Verständnis seines Willens erweitern und uns aus der festen Form früherer Erfahrungen befreien. Der Herr ging vorüber, aber er war weder im Wind, noch im Erdbeben, noch im Feuer – alles Symbole, die Elia vertraut waren. Der Herr war zwar die *Ursache* dieser gewaltigen Manifestationen, aber er selbst war nicht *in* ihnen.

Für Elia waren gewaltige Manifestationen immer ein Zeichen des Wohlwollens Gottes gewesen. Doch jetzt kam etwas Neues, das von ihm eine völlig neue Unterordnung unter den lebendigen Gott forderte. Eine neue Salbung kam, ein „zweifacher Anteil“, der letztendlich die Herrschaft Isebels beenden und die Baalsverehrung zunichte machen würde. Die Kraft dieser neuen Salbung würde sich nicht in größeren Manifestationen, sondern in größerer Weisheit erweisen.

Nach dem letzten großen „Zeichen“ heißt es: **„Und nach dem Feuer der Ton eines leisen Wehens“** (V. 12). Dieser Ton war nicht die Stimme Gottes, sondern vielmehr eine Art *Vorankündigung* der Gegenwart Gottes. Elia wurde sich der heiligen Stille bewußt und **„... verhüllte ... sein Gesicht mit seinem Mantel“** (V. 13), damit er Gott nicht sehen könnte.

Vielleicht hatte sich Mose fünfhundert Jahre zuvor an genau derselben Stelle versteckt, als der Herr vorüberging. Jetzt war Elia an der Reihe. Die Person Gottes betrat diese ewige Stille.

Den Unsichtbaren sehen

Erdbeben, Feuer und Wind sind nicht nur Zeichen, die Elias Leben begleiteten, sondern auch Zeichen unserer Zeit. Doch um auf diese nächste Stufe zu gelangen, müssen wir die Gegenwart Gottes erkennen, auch wenn weder „Erdbeben“ noch „Winde“ unsere Aufmerksamkeit erregen. Er verlangt von uns, in eine differenziertere Beziehung mit ihm einzutreten, die auf seine Liebe und nicht bloß auf Zeichen der Zeit gegründet ist.

Aus diesem Grund müssen wir es lernen, die Stimme dessen zu hören, der nur selten hörbar spricht, und die Handlungen dessen zu beobachten, der meist unsichtbar ist. Elia bekam den Mut, Isebels Zorn zu ertragen, so wie Mose dem Toben des Pharaos standhielt: **„Durch Glauben verließ er [Mose] Ägypten und fürchtete die Wut des Königs nicht; denn er hielt standhaft aus, als sähe er den Unsichtbaren“** (Hebr 11,27).

Auch wir halten dadurch stand, *daß wir ihn, den Unsichtbaren, sehen*. Doch bevor wir die Gegenwart Gottes wirklich wahrnehmen können, müssen wir das leise Wehen erkennen, das seine Gegenwart *ankündigt*. Von welchem geistlichen Phänomen sprechen wir? Vom Heiligen Geist, der die irdischen Aktivitäten zügelt, um dem Herrn einen Weg zu bahnen.

Wenn wir die Kraft bekommen wollen, die wir in der Endzeit brauchen, müssen wir es lernen, ohne große Zeichen das leise Wehen des göttlichen Winds zu registrieren. Er wird nicht um unsere Aufmerksamkeit kämpfen; wir müssen ihn suchen. Er wird uns nicht aufschrecken; wir müssen ihn erkennen. Man braucht keine besonderen Fähigkeiten, um ein Erdbeben, ein Feuer oder einen gewaltigen Wind zu „erkennen“. Doch um das sanfte Wehen Gottes spüren zu können, müssen wir alle anderen Aktivitäten einstellen. Weil unsere Welt gewaltig Druck macht und uns fortwährend ablenkt, muß unser Herz aufmerksam sein und sich in die unsichtbare Welt des Geistes Gottes hineinversetzen. Wir müssen es lernen, ihn, den Unsichtbaren, zu „sehen“.

Ein Neuanfang

Als Elias Herz still wurde, erschien der Herr und fragte ihn: **„Was tust du hier, Elia?“** (1 Kön 19,13) Elia wiederholte, was er vorher schon gesagt hatte: **„Ich habe sehr geeifert für den Herrn, den Gott der Heerscharen ... Und ich bin übriggeblieben, ich allein, und nun trachten sie danach, auch mir das Leben zu nehmen“** (V. 14). Um Elia wieder eine Perspektive zu geben, versicherte ihm der Herr, daß es noch 7000 Israeliten gebe, die Baal nicht verehrt hätten.

Nun sollte Elia einen neuen Auftrag bekommen: Der Herr trug ihm auf, Hasael zum König über Syrien und Jehu zum König über Israel zu salben. Zudem sollte er seinen Nachfolger Elisa ausbilden (V. 15-16). Am Horeb setzte Gott einen „zweifachen Anteil" geistlicher Kraft frei. Obwohl er Elia salbte, sollte es Elisa sein, der in dieser Salbung wandelt.

Und unter dieser vollmächtigen Salbung sollte Elias Nachfolger Elisa tatsächlich doppelt so viele Wunder tun wie er (2 Kön 2,9-14). Elisa war mehr als ein Prophet des Gerichts; seine Taten erinnerten an das Wirken Jesu. Elisa vermehrte Brot (2 Kön 4,42-44); mit Sanftmut nahm er die Armee eines Feindes gefangen; er schuf Frieden zwischen Israel und den Aramäern (2 Kön 6,14-23); er heilte Naaman, einen syrischen General (2 Kön 5,1-14), und salbte Jehu, um Isebel und die Baalsverehrung in Israel zu vernichten (2 Kön 9-10).

Es war nicht Elia selbst, der die Wiederherstellung seiner Nation herbeiführte. Dennoch bekam er ein tieferes Verständnis dafür, welchen Platz er in den Plänen Gottes einnehmen sollte. Er war dazu berufen, vorauszugehen und den größeren Dingen, die nach ihm kommen sollten, den Weg zu bereiten. Elia war als „Wegbereiter" so erfolgreich, daß sein Geist auf Johannes den Täufer gelegt wurde, der Jesus den Weg bereitete; zudem wird Elia noch einmal in die Welt kommen, um die Wiederkunft Christi vorzubereiten (Mal 3,23-24). Letztlich ließ Gott Elia in einem feurigen Wagen mit feurigen Pferden und einem Sturmwind (Manifestationen, die Elia sehr vertraut waren) gen Himmel auffahren (2 Kön 2,11).

Gott verheißt auch uns, daß wir am Ende der Zeit einen „zweifachen Anteil" bekommen sollen (Jes 61,7; Joh 14,12). Was könnte das anderes bedeuten, als daß er sich uns in einer Herrlichkeit offenbart, wie wir sie noch nie zuvor erlebt haben. Doch vorher müssen wir unsere Aktivitäten, auf denen keine Salbung liegt, sowie unsere fleischlichen Bemühungen einstellen. Gott muß uns ans Ende unserer eigenen Kraft und somit an den Anfang seiner Kraft führen.

Es wird Zeit, damit aufzuhören, immer nur den Platz Gottes einnehmen zu wollen; stattdessen sollten wir unseren Platz in ihm finden. Gott wird unserer Leidenschaft und unserem Eifer auch noch die Erkenntnis der Wege Christi hinzufügen.

Auch wenn in unserer Welt der Geist „Isebels" aufgestanden ist, sind seine Tage gezählt. Es ist unsere Aufgabe, stille zu sein und zu erkennen, daß Christus Gott ist. Er wird über all seine

Feinde triumphieren. Er wird überall auf der Erde verherrlicht werden, und in ihm ist unser Ort der Bewahrung.

O Meister, wie leicht ich doch religiöse Verhaltensweisen annehme und in geistliche Trägheit verfalle! Herr, ich sehne mich danach, deine Wege zu kennen, Augen zu haben, die wirklich sehen, und Ohren, die klar und deutlich hören. Herr Jesus, weihe mich in die Tiefe der Gedanken Gottes ein. Durchbrich das Geheimnis, das dich umgibt, damit ich dich wirklich kennenlernen kann.

Vergib mir, daß ich nach Zeichen Ausschau gehalten habe, anstatt zu horchen, ob ich deine Stimme höre. O Gott, wie ich mich danach sehne, dich (so wie Mose) zu erkennen, wie du bist und in deiner Herrlichkeit zu bleiben. Gib deiner Gemeinde den zweifachen Anteil, den du verheißen hast, und führe uns in die Fülle deiner Vollmacht. Im Namen Jesu. Amen.

Vor allem Unheil behütet

Ich hebe meine Augen auf zu den Bergen. Woher wird meine Hilfe kommen? Meine Hilfe kommt vom Herrn, der Himmel und Erde gemacht hat. Er wird nicht zulassen, daß dein Fuß wanke. Dein Hüter schlummert nicht. Siehe, nicht schläft noch schlummert der Hüter Israels. Der Herr ist dein Hüter, der Herr ist dein Schatten über deiner rechten Hand. Am Tag wird die Sonne nicht stechen, der Mond nicht bei Nacht. Der Herr wird dich behüten vor allem Unheil, er wird dein Leben behüten. Der Herr wird deinen Ausgang und deinen Eingang behüten von nun an bis in Ewigkeit.

– Psalm 121 –

3

Unter dem Schutz des Höchsten

Für jeden Christen gibt es einen Ort der Bewahrung, eine geistliche Festung in Christus, die uns vor den Angriffen des Teufel schützt. Wer in dieser Burg Gottes wohnt, dem können die Attacken des Bösen nichts anhaben. Hier, in der Wohnung des Allmächtigen, sind wir außer Reichweite der Zunge des Verklägers und werden vom Ratschluß des Zerstörers abgeschirmt.

Das Lexikon umschreibt den mit „Bewahrung“ verwandten Begriff „Immunität“* folgendermaßen: *„Freiheit oder Befreiung von einer Strafe, Last, Pflicht oder einem Laster.“* Und der lebendige Gott will, daß seine Kinder genau so leben: *frei* von der Strafe und Last der Sünde, *befreit* von den Pflichten einer gesetzlichen Religionsausübung, *geschützt* vor und *siegreich* gegenüber dem Angriff des Bösen.

Wenn man die Landschaft der Bibel betrachtet, findet man hunderte Orte, an denen Gottes liebevoller Schutz ganz besonders offenbar wurde. Jedesmal, wenn der Herr das sündige Israel anflehte, wieder zu ihm zurückzukehren, wollte er sie damit gleichzeitig auch wieder schützend unter seine Fittiche nehmen; jedesmal, wenn sie reagierten, kamen sie wieder an den Ort der Bewahrung zurück, wo sie sicher leben konnten. Die Schrift sagt: **„Er umgab ihn [Jakob, d.h. sein Volk], gab acht auf ihn, er behütete ihn wie seinen Augapfel“** (5 Mose 32,10).

Die Fürsorge und Zuwendung eines Vaters

Gott ist nicht nur unser Schöpfer, er ist auch unser Vater. Deshalb wäre es unvorstellbar, daß er seine Kinder schutzlos zurücklassen würde. Jesus sagt in Matthäus 6,8, unser Vater im Himmel wisse, was wir brauchen, noch bevor wir ihn gebeten haben. Wenn schon wir als sündige Menschen uns um unsere Kinder kümmern, wieviel mehr will der vollkommene Gott seinen Nachwuchs schützen, hegen und pflegen!

---

* „Bewahrung“, der zentrale Begriff dieses Buchs, geht auf das englische Wort „immunity“ zurück. (Anm.d.Übers.)

Die Schrift bezeugt, daß **„... seine göttliche Kraft uns alles zum Leben und zur Gottseligkeit geschenkt hat durch die Erkenntnis dessen, der uns berufen hat durch seine eigene Herrlichkeit und Tugend ...“** (2 Petr 1,3). Je mehr wir den Allmächtigen erkennen, desto mehr bekommen wir Zugang zu den Dingen, die Gott für uns bereitgestellt hat. Was hat er uns gegeben? Er hat eine Wohnung für uns vorbereitet, wo uns alles gehört, was wir zum Leben und zur Gottseligkeit brauchen. An diesem Ort werden wir **„... gesegnet mit jeder geistlichen Segnung in der Himmelswelt in Christus ...“** (Eph 1,3).

Auch David kannte diesen Ort der Bewahrung. Er schrieb: **„Der Herr ist mein Fels und meine Burg und mein Erretter, mein Gott ist mein Hort, bei dem ich mich berge, mein Schild ..., meine hohe Feste“** (Ps 18,3). Und er sagte über alle, die Gott fürchten: **„Du verbirgst sie im Schutz deines Angesichts vor den Verschwörungen der Menschen; du birgst sie in einer Hütte vor dem Gezänk der Zungen“** (Ps 31,21). Und: **„Du bist ein Bergungsort für mich; vor Bedrängnis behütest du mich; du umgibst mich mit Rettungsjubel“** (Ps 32,7).

In seinem persönlichen Leben kannte David den lebendigen Gott als geistliche Festung und als Zufluchtsort im Kampf. Dieser besondere Platz in der Gegenwart Gottes war dem König zutiefst vertraut. Hier, in der Burg Gottes, fand Davids Seele Schutz.

Für alle Nachfolger Christi

Dieser Ort der Bewahrung war nicht ausschließlich den Propheten und gottesfürchtigen Königen vorbehalten. Seit der Auferstehung Christi steht allen, die dem Messias nachfolgen, der Zugang zu dieser himmlischen Zitadelle offen. Diese Wohnung zu finden, an der uns Christus mit seinem Leben buchstäblich überflutet, ist nicht nur Thema dieses Buchs, sondern unser ganzer Lebenszweck!

Wie finden wir nun diesen geistlichen Ort? Der einfache erste Schritt dorthin ist unsere Liebe zu Jesus. Er sagt: **„Wer aber mich liebt, wird von meinem Vater geliebt werden; und ich werde ihn lieben und mich selbst ihm offenbaren“** (Joh 14,21). Er hat verheißen, sich uns in zunehmendem Maße zu offenbaren, wenn wir an der Liebe zu ihm und am Gehorsam festhalten.

Vergegenwärtigen Sie sich, wie gewaltig diese Verheißung ist! Er fährt fort: **„Wenn jemand mich liebt, so wird er mein Wort halten, und mein Vater wird ihn lieben, und wir werden zu ihm kommen und Wohnung bei ihm machen“** (Joh 14,23).

Diese sich stetig erweiternde Offenbarung Jesu Christi in unserem Herzen ist der Weg zur Wohnung Gottes. Dieser Schutz des Allerhöchsten ist der Ort der Bewahrung.

In den folgenden Kapiteln werden wir uns mit verschiedenen Dimensionen des geistlichen Schutzes befassen. Im zweiten Band *Das göttliche Gegengift* geht es darum, wie wir unsere Seele gegen die Listen des Bösen wappnen können und durch welche Kanäle Zauberei in unser Leben eindringen will. Zudem werden wir darstellen, welche Kraft Gott all jenen gibt, die in seiner Gegenwart sicher wohnen. Wenn Sie Ihr Leben Christus gegeben haben und ihm aufrichtig nachfolgen wollen, reicht es zunächst aus zu wissen, daß ein Ort der Bewahrung auf Sie wartet.

Herr, ich schreie gemeinsam mit dem Psalmisten: „Wann werde ich die Vorhöfe des Lebendigen Gottes betreten?“ Du bist unser Vater; verbirg dich nicht vor uns, deinen Kindern! Nimm uns auf deinen Schoß, o Gott! Zieh uns an deine Brust; versichere uns durch die Fülle deines Geistes, daß du wirklich nahe bist. Danke, Herr!

Der Schutz

Wer im Schutz des Höchsten wohnt, bleibt im Schatten des Allmächtigen. Ich sage zum Herrn: Meine Zuflucht und meine Burg, mein Gott, ich vertraue auf ihn! Denn er errettet dich von der Schlinge des Vogelstellers, von der verderblichen Pest. Mit seinen Schwingen deckt er dich, und du findest Zuflucht unter seinen Flügeln. Schild und Schutzwehr ist seine Treue.

Du fürchtest dich nicht vor dem Schrecken der Nacht, vor dem Pfeil, der am Tag fliegt, vor der Pest, die im Finstern umgeht, vor der Seuche, die am Mittag verwüstet. Tausend fallen an deiner Seite, zehntausend an deiner Rechten – dich erreicht es nicht.

– Psalm 91,1-7 –

4

Ein wachsamer Gott

Der Gott, der uns behütet

Ununterbrochen hat Gott ein Auge auf uns. Vom Augenblick unserer Empfängnis bis zur Stunde unseres Todes beschirmt und leitet der Herr unsere irdische Pilgerreise. Der Psalmist wußte genau, daß er einen wachsamen Gott hat, und schrieb:

> **„Herr, du hast mich erforscht und erkannt. Du kennst mein Sitzen und mein Aufstehen, du verstehst mein Trachten von fern. Mein Wandeln und mein Liegen – du prüfst es. Mit allen meinen Wegen bist du vertraut. Denn das Wort ist noch nicht auf meiner Zunge – siehe, Herr, du weißt es genau. Von hinten und von vorn hast du mich umschlossen, du hast deine Hand auf mich gelegt.“** (Ps 139,1-5)

Der Herr kennt unsere Gedanken; noch bevor wir handeln, kennt er unsere Beweggründe. Er weiß alles über uns. Gott hat uns im Heiligen Geist versiegelt. Mit unserer Wiedergeburt haben wir Christus „angezogen“ (Gal 3,27). Wir gehören ihm. Wir sind sein Eigentum, das er mit seinem Blut erkauft hat. Er wird uns nicht so ohne weiteres gehen lassen. **„An jenem Tag wird man sagen: Ein prächtiger Weinberg! Besingt ihn! Ich, der Herr, behüte ihn, bewässere ihn alle Augenblicke. Damit ihm nichts zustößt, behüte ich ihn Nacht und Tag“** (Jes 27,2-3).

Denken Sie an die Schöpfungsakte Gottes: Erde, Mond und Sterne bilden gleichsam den Rahmen für das größte Werk Gottes – den Menschen, der nach seinem Bild geschaffen wurde. Das ist nach wie vor der Plan Gottes. Er bewirkte es in uns, daß wir zu ihm kamen; und es bleibt auch in Zukunft sein Werk, uns zu erneuern, um uns dadurch sich ähnlicher zu machen. Das ist sein oberstes Ziel.

Auch wenn wir seine Gegenwart nicht spüren, wacht er über uns und arbeitet an uns. Der Psalmist war in dem Wissen um die Fürsorge Gottes zur Ruhe gekommen, als er schrieb:

> **„Ich hebe meine Augen auf zu den Bergen. Woher wird meine Hilfe kommen? Meine Hilfe kommt vom Herrn, der Himmel und Erde gemacht hat. Er wird nicht zulassen, daß dein Fuß wanke. Dein Hüter schlummert nicht. Siehe, nicht schläft noch schlummert der Hüter Israels.“** (Ps 121,1-4)

Dem Wort Gottes zufolge gibt es etwas, das sogar unseren Fuß vor dem Straucheln bewahren wird – die Wachsamkeit Gottes, die unseren Weg zum Ort der Bewahrung absichert.

Er wacht stets über uns

Das Wort „hüten“ bzw. „behüten“ bedeutet eigentlich, daß man etwas unter Kontrolle bzw. in seinem Besitz hat und hält. Von Gott behütet zu werden heißt, unter seiner Kontrolle bewacht und als sein Eigentum geschützt zu werden.

Doch solange unsere Gesinnung und unsere Haltung noch nicht vollständig erneuert sind und wir noch nicht ständig die Gesinnung und Haltung Christi haben (1 Kor 2,16; Phil 2,5), sind auch unsere Gedanken nicht immer die Gedanken Christi und unsere Werke nicht immer die Werke Christi. Aus diesem Grund betete Jesus zum Vater, er möge uns vor dem Bösen bewahren (Joh 17,15); als Antwort auf dieses Gebet Christi beauftragte der Vater seine Engel, uns auf all unseren Wegen zu bewahren (Ps 91,11; Hebr 1,13-14).

Dennoch haben wir keinen Blick für die Gegenwart und das Wirken unserer himmlischen Freunde. Vielmehr geht es uns wie Elias Diener, der sich eher von den Umständen ins Bockshorn jagen ließ, als sich der Unterstützung Gottes bewußt zu sein:

> **„Und als der Diener des Mannes Gottes früh aufstand und hinausging, siehe, da umringte ein Heer die Stadt, und Pferde und Kriegswagen. Und sein Diener sagte zu ihm: Ach, mein Herr! Was sollen wir tun? Er aber sagte: Fürchte dich nicht! Denn zahlreicher sind die, die bei uns sind, als die, die bei ihnen sind. Und Elisa betete und sagte: Herr, öffne doch seine Augen, daß er sieht! Da öffnete der Herr die Augen des Dieners, und er sah. Und siehe, der Berg war voll von feurigen**

Pferden und Kriegswagen um Elisa herum.“ (2 Kön 6,15-17)

So wie Elisa von Engeln Gottes umringt wurde, werden auch Sie von Engeln Gottes bewacht. Sie standen schon schützend an Ihrer Seite, als Sie noch nicht einmal zu Christus gehörten.

Hätten die Engel Gottes nicht den Auftrag gehabt, Sie zu beschützen, wären Sie wohl schon des öfteren vor Ihrer Zeit gestorben. Und es gab auch Zeiten, schwere Zeiten, in denen die Engel des Herrn Ihnen unter die Arme griffen und Sie durch Notlagen und Tragödien hindurchtrugen. Sie wunderten sich nur noch, wie Sie da wieder heil herauskamen. Sie entkamen den Klauen Satans, weil der Herr Ihnen seine Engel zur Seite gestellt hatte. Sie waren verzweifelt, doch die himmlischen Helfer gaben Ihnen Kraft.

Es gab auch Zeiten, in denen sogar Jesus der Unterstützung durch Engel bedurfte. Die Bibel sagt über die Zeit nach jenem heftigen geistlichen Kampf, dem sich Jesus in der Wüste stellen mußte: **„Dann verläßt ihn der Teufel, und siehe, Engel kamen herbei und dienten ihm“** (Mt 4,11). Und gegen Ende seines Lebens, als er im Gebet rang und Blut schwitzte, lesen wir wiederum: **„Es erschien ihm aber ein Engel vom Himmel, der ihn stärkte“** (Lk 22,43).

Wohin Jesus auch ging – die Engel Gottes waren immer an seiner Seite. In seiner schwersten Stunde erinnerte er Petrus daran, daß der Vater gerne bereit sei, Engel zu Hilfe zu schicken: **„Oder meinst du, daß ich nicht jetzt meinen Vater bitten könne und er mir mehr als zwölf Legionen Engel stellen werde?“** (Mt 26,53)

Gott stellte Engel, die Jesus unterstützen und stärken sollten; genauso schickt er Engel, um Sie zu unterstützen und zu stärken. So wie seine Engel Lot und dessen Familie drängten, Sodom zu verlassen, drängen sie in unserer Zeit das Volk Gottes, alles Böse zu meiden. Ja, sogar jetzt, wenn Sie diese Zeilen lesen, wachen Engel über Sie und behüten Sie, wenn Sie den Ort der Bewahrung betreten.

Herr Jesus, dein Wort sagt uns, daß vor dir alle Dinge offenbar und durchsichtig sind. Wir lesen auch, daß deine Ohren unsere Gebete hören. Deine Wachsamkeit schenkt uns Trost und Frieden.

Dennoch bitten wir dich, Herr: Öffne uns die Augen, wie du damals Elisas Diener die Augen geöffnet hast, damit wir dich sehen. Öffne unsere Ohren, damit wir dich hören. Schenke uns den Frieden, der sich auf die Gewißheit gründet, daß du dich jeden Tag um unser Leben kümmerst. Amen.

Er bewahrt dich auf allen deinen Wegen

Denn du hast gesagt: „Der Herr ist meine Zuflucht!"; du hast den Höchsten zu deiner Wohnung gesetzt; so begegnet dir kein Unglück, und keine Plage naht deinem Zelt.

Denn er bietet seine Engel für dich auf, dich zu bewahren auf allen deinen Wegen. Auf den Händen tragen sie dich, damit du deinen Fuß nicht an einen Stein stößt. Auf Löwen und Ottern trittst du, Junglöwen und Schlangen trittst du nieder.

– Psalm 91,9-13 –

5

In der Obhut des Wortes

Sicherheit durch das Wort

Die Bewahrung und der Schutz Gottes beruhen vor allem auf unserem Gehorsam gegenüber seinem Wort. Indem wir unseren Willen Gott unterordnen, erlangt unsere Seele Schutz vor dem Bösen. Betrachten wir hierzu die Worte des Apostels Johannes an die jungen Männer der Gemeinde im ersten Jahrhundert. Er sagte: **„Ich habe euch, ihr jungen Männer, geschrieben, weil ihr stark seid und das Wort Gottes in euch bleibt und ihr den Bösen überwunden habt“** (1 Joh 2,14).

Zur Zeit Johannes basierte die geistliche Stärke der jungen Männer darauf, daß sie im Wort Gottes blieben, wodurch sie befähigt wurden, den Bösen zu überwinden. Und werden heutzutage nicht viele von uns deshalb vom Teufel besiegt, weil sie nicht im Wort Gottes bleiben?

Die Lehre Christi geleitet uns in die Gegenwart des Vaters; und es ist die Gegenwart des Vaters, die uns Kraft und Schutz schenkt. Jesus sagte:

> **„Meine Schafe hören meine Stimme, und ich kenne sie, und sie folgen mir; und ich gebe ihnen ewiges Leben, und sie gehen nicht verloren in Ewigkeit, und niemand wird sie aus meiner Hand rauben. Mein Vater, der sie mir gegeben hat, ist größer als alle, und niemand kann sie aus der Hand meines Vaters rauben.“** (Joh 10,27-29)

Niemand ist stärker als Gott. Wenn wir Christus nachfolgen, gibt er uns in die Hand des Vaters. Dort kann uns der Tod nichts anhaben. Welchen Schlachten wir uns auch stellen müssen – wir sind dabei nie allein. Keiner ist wie unser Gott.

„Eine Zuflucht ist der Gott der Urzeit, und unter dir sind ewige Arme. Und er vertreibt vor dir den Feind und spricht: Vernichte!“ (5 Mose 33,27) Bei jedem Schritt, den wir gehen, sind Gottes ewige Arme unter uns. Wenn wir nun geistliche Konflikte und Prüfungen zu bestehen haben, wandeln wir auf ewigem Boden und werden fortwährend durch die Kraft des unzerstörbaren Lebens Christi aufrechterhalten (Hebr 7,16). Auch wenn wir durch das Tal des Todesschattens gehen, können die Mächte des Todes uns nicht festhalten. Sie werden durch den Befehl unseres Gottes in ihre Schranken verwiesen.

> **„Denn ich bin überzeugt, daß weder Tod noch Leben, weder Engel noch Gewalten, weder Gegenwärtiges noch Zukünftiges, noch Mächte, weder Höhe noch Tiefe, noch irgendein anderes Geschöpf uns wird scheiden können von der Liebe Gottes, die in Christus Jesus ist, unserem Herrn."** (Röm 8,38-39)

Die den Tod nicht sehen

Der Geist Gottes wirkt ständig in allen Situationen unseres Lebens verändernd und erlösend, damit uns geistlich alles zum Guten gereiche. Jemand sagte einmal zu Recht, in allen Aktivitäten Gottes werde seine Hilfe und Rettung offenbar; sein letzter Akt der Ermutigung ist die Auferstehung.

Jesus versprach: **„Wahrlich, wahrlich, ich sage euch: Wenn jemand mein Wort bewahren wird, so wird er den Tod nicht sehen ewiglich"** (Joh 8,51). Die Juden, die die Worte Jesu hörten, nahmen an dieser Aussage Anstoß. Ihnen fehlte die göttliche Logik und die Sicht des Lebens aus dem Blickwinkel der Ewigkeit; die Auferstehungskraft, die jedem Nachfolger Christi gegeben wird, war ihnen unbekannt.

Doch bevor wir zu hart mit ihnen ins Gericht gehen, sollten wir uns selbst fragen: „Nehmen wir Anstoß an dieser Verheißung Christi? Schämen wir uns der offensichtlichen Widersprüchlichkeit dieser Verheißung, wenn wir uns vor Augen führen, daß alle, die Jesus im ersten Jahrhundert nachfolgten, starben? Glauben wir wirklich, daß wir den Tod nie sehen werden?"

Auch die Juden waren vor den Kopf geschlagen. Sie konterten: **„Jetzt erkennen wir, daß du einen Dämon hast. Abraham ist gestorben und die Propheten, und du sagst: Wenn jemand mein Wort bewahren wird, so wird er den Tod nicht schmecken in Ewigkeit"** (Joh 8,52). Doch Jesus sagte nicht, seine Nachfolger würden den Tod nie *schmecken*; er sagte vielmehr, wir würden ihn nie *sehen*.

Natürlich gibt es Zeiten, in denen wir von Sorgen regelrecht bombardiert und vom Tod selbst in die Zange genommen werden. Doch das ist das Herrliche an unserem Glauben: *Obwohl wir sterben, sehen wir nicht den Tod, sondern das Leben.* Wir werden den Tod schmecken, nehmen jedoch als Christen andererseits das Leben in uns auf. Ja, wenn wir das Wort Christi in den Zeiten der Prüfung bewahren, gilt uns seine Verheißung, daß wir **„den Tod nicht sehen ewiglich"**. Für jene, die von jedem Wort, das aus dem Munde Gottes kommt, leben, ist das Endergebnis jeder Mühsal und jedes Kampfes nicht Tod, sondern Leben im Überfluß.

Jesus sagte:

> **„Ihr werdet aber sogar von Eltern und Brüdern und Verwandten und Freunden überliefert werden, und sie werden einige von euch töten; und ihr werdet von allen gehaßt werden um meines Namens willen. Und nicht ein Haar von eurem Haupt wird verloren gehen."** (Lk 21,16-18)

Er sagt, daß nicht ein Haar von unserem Haupt verloren gehen wird, auch wenn wir vielleicht getötet werden.

Aber ist der Tod nicht das Ende des Lebens? Und wenn wir aufgrund einer tödlichen Krankheit allmählich sterben, erleben wir dann etwa nicht, wie unser Leben langsam verlischt? Doch in Christus muß jedes finstere, dunkle Tal, in das unsere menschliche Erfahrung hinabsteigt, in ein weites Feld des Lebens münden. Wir schmecken den Tod, aber wir sehen ihn nicht.

David sagte: **„Auch wenn ich wandere im Tal des Todesschattens, fürchte ich kein Unheil, denn du bist bei mir ..."** (Ps 23,4). So schrecklich der Tod auch scheinen mag, für jene, die das Wort des Herrn bewahren, ist er im Grunde nur wie ein Schatten. Denn was in uns stirbt, wurde im voraus zum Sterben ausersehen – die Hülle unseres alten Menschen. Während der Tod des Egos auf einer tagtäglichen Entscheidung beruht, wird unser neues, inneres Wesen niemals sterben.

„Deshalb ermatten wir nicht, sondern wenn auch unser äußerer Mensch aufgerieben wird, so wird doch der innere Tag für Tag erneuert" (2 Kor 4,16). Ja, was wir in unseren eigenen Herzen erleben, ist eine Demonstration der Auferstehungskraft Gottes, die jetzt und in Zukunft wirksam sein wird. Wenn wir das Wort Christi bewahren, werden unsere Schwierigkeiten stets ewiges Leben nach sich ziehen. Gemeinsam mit Paulus danken wir Gott, **„... der uns allezeit im Triumphzug umherführt in Christus und den Geruch seiner Erkenntnis an jedem Ort durch uns offenbart!“** (2 Kor 2,14)

Im Angesicht des Todes und ungeachtet unseres Versagens, unserer Krankheiten und Schwierigkeiten bleibt der Ort der Bewahrung bestehen. Er steht uns offen, indem wir das Wort des Lebens, daß der Herr uns bewahrt und der Böse uns nicht antastet, festhalten (1 Joh 5,18).

Später werden wir einmal von unserer hohen Warte im Himmel aus unser Leben Revue passieren lassen. In diesem herrlichen Rückblick werden wir noch einmal jede einzelne Begebenheit sehen, in der wir der Vernichtung ins Auge schauten. Und wir werden auch sehen, daß Christus genau in diesen Situationen, exakt in diesen Schwierigkeiten in uns seine Auferstehungskraft offenbarte! Obwohl wir durch das Tal der Todesschatten gingen, starben wir nicht; vielmehr lernten wir dadurch, kein Unheil zu fürchten. Im Himmel wird jeder einzelne von uns einmal voll Ehrfurcht sagen: *„Jawohl, ich habe den Tod nie gesehen!“*

Herr, es stimmt: Ich weiß, daß du in jeder Prüfung und Schlacht bei mir gewesen bist. Aufgrund deiner erlösenden Macht wurde ich durch die Konflikte, mit denen Satan mich schwächen wollte, nur noch mehr gestärkt; durch die Schlachten, in denen mich der Teufel vernichten wollte, bin ich nur noch mehr gewachsen!

Ja, du hast darauf hingewirkt, daß mir in meinem Leben alles zum Besten diente. Und ich vertraue dir auch all jene Bereiche an, in denen ich deine Absichten erst noch erkennen muß. Denn ich weiß, daß durch deine Gnade sogar das, was wie die Endgültigkeit des Todes aussieht, verändert werden wird und ich in allen Dingen nur noch die Kraft deiner Auferstehung kennen werde. Amen.

„Ich bin bei dir“

Aber jetzt, so spricht der Herr, der dich geschaffen, Jakob, und der dich gebildet hat, Israel: Fürchte dich nicht, denn ich habe dich erlöst! Ich habe dich bei deinem Namen gerufen, du bist mein.

Wenn du durchs Wasser gehst, ich bin bei dir, und durch Ströme, sie werden dich nicht überfluten. Wenn du durchs Feuer gehst, wirst du nicht versengt werden, und die Flamme wird dich nicht verbrennen.

Denn ich bin der Herr, dein Gott, ich, der Heilige Israels, dein Retter.

– Jesaja 43,1-3 –

6

Die Umgestaltung des Herzens

Der Herr hat uns nicht verheißen, daß unser Leben ohne Schwierigkeiten verlaufen, sondern daß er inmitten der Schwierigkeiten durch uns offenbar werden würde.

Christus – der große „Ich bin“

Was hat Gott mit uns vor? Wozu wurden wir geschaffen? Von Anbeginn der Zeit hatte Gott nur eins im Sinn, als er den Menschen schuf – uns nach seinem Bild zu machen. Aus diesem Grund leisten Schwierigkeiten und Leid innerhalb des göttlichen Plans oft einen wichtigen Beitrag zu unserer Umgestaltung: So wie sie uns zu Gott hindrängen, drängt er uns in Richtung Veränderung.

Immer mit dem Hintergedanken, uns seinem Bild gleich zu machen, wendet Gott die Probleme, mit denen wir uns konfrontiert sehen, zum Guten; sofern sie seinen ewigen Zielen dienen, bedient er sich ihrer. Ja, inmitten aller Schwierigkeiten verheißt er uns:

> **„Fürchte dich nicht, denn ich habe dich erlöst! Ich habe dich bei deinem Namen gerufen, du bist mein. Wenn du durchs Wasser gehst, ich bin bei dir, und durch Ströme, sie werden dich nicht überfluten. Wenn du durchs Feuer gehst, wirst du nicht versengt werden, und die Flamme wird dich nicht verbrennen. Denn ich bin der Herr, dein Gott, ich, der Heilige Israels, dein Retter.“** (Jes 43,1-3)

Diese Verheißung ist einerseits eine gewaltige Ermutigung; doch andererseits dürfen wir nicht vergessen, daß der Herr nicht sagte, er würde uns Feuer und Flut ersparen, sondern vielmehr, daß er uns darin beistehen würde. Warum läßt Gott es überhaupt zu, daß wir solche Konflikte durchstehen müssen? In solchen Situationen trainiert er seine Söhne und Töchter und lehrt sie, Christus immer ähnlicher zu werden.

Erinnern Sie sich nur an die Geschichte, als die Jünger Jesu allein auf dem See unterwegs waren und in einen Sturm kamen (vgl. Mt 14,22-33). Die Wellen schlugen ins Boot, und der tosende Sturm wühlte das Wasser auf. Frühmorgens kam Jesus dann übers Wasser zu ihnen und fand als erstes tröstende Worte: **„Seid guten Mutes!“**, sagte er, **„Ich bin's. Fürchtet euch nicht!“** (Mt 14,27)

Es ist sehr bedeutsam, daß Jesu Zusicherung „Ich bin's“ wörtlich übersetzt „Ich bin“ lautet, handelt es sich hierbei doch um die göttliche Anrede, den ewigen Namen Gottes. Jesus kommt den Jüngern also einerseits konkret zu Hilfe und offenbart sich andererseits über die Grenzen von Raum und Zeit hinaus als ewiger Gott. Als solcher verkündet er, daß er in Reichweite *aller* seiner Jünger ist. Er ist „Gott mit uns“ – bis zum Ende der Zeit!

Somit kommt Jesus seinen Jüngern nach wie vor zu Hilfe, manifestiert sich in den Stürmen unserer Zeit und trotzt scheinbar unüberwindbaren Situationen, um uns zu erreichen. Er ist Meister jeder menschlichen Notlage; er kann uns in jeder Situation helfen.

Bringen wir doch die Besorgnis und den Kleinglauben unseres Herzens zum Schweigen: *Christus ist auch jetzt, in diesem Augenblick, in der Lage, uns zu erreichen.* Schauen Sie über den Sturm hinaus, bis Sie seine Gegenwart spüren, bis Sie seine zuversichtlichen Worte *„Sei guten Mutes, ich bin's“* hören.

Dennoch möchte Jesus seine Jünger nicht nur trösten. Es ist eine Sache, darauf zu vertrauen, daß Christus die Stürme unseres Lebens stillen wird; es ist etwas ganz anderes, unser Sicherheitsdenken über Bord zu werfen und uns zu ihm aufs Wasser zu wagen! Genau dieses Szenario mit tosendem Sturm und tobenden Wellen ist gleichsam das Schulzimmer, in dem der Sohn Gottes den Glauben seiner Jünger vervollkommnen möchte.

Bekräftigen wir noch einmal das höchste Ziel Gottes: Jesus kam nicht nur, um uns zu trösten, sondern um uns vollkommen zu machen! Und genau dorthin wird er uns führen, wenn wir dazu bereit sind! Das Ziel Christi, nämlich unsere Vollkommenheit, ist wahrhaft ein Blick in eine andere Dimension Gottes.

Wir sollten darüber Buße tun, daß wir das Bild eines Heilands mit uns herumtragen, der den Finger nicht auf unsere Sünde legt und unseren Unglauben nicht herausfordert. Das ist ein falsches Gottesbild. Wenn wir ihn kennenlernen wollen, wie er wirklich ist, müssen wir diese Wahrheit akzeptieren: *Jesus Christus hat sich unwiderruflich unserer vollständigen Umgestaltung verschrieben!*

Von allen Jüngern im Boot reagierte einzig und allein Petrus auf diese Situation mit Vision und Glauben. Auf den Rand des schlingernden Bootes gestützt schaut Petrus durch die Gischt in die Nacht hinaus. Er ruft Jesus zu: **„Herr, wenn du es bist, so befiehl mir, auf dem Wasser zu dir zu kommen"** (V. 28). Man hört es förmlich, wie sehr er Jesus vertraut! Jesus befiehlt seinem Jünger: **„Komm!"**

Petrus steigt über die Reling und läßt seine Beine über den tobenden Wellen baumeln. Seinen Blick fest auf Jesus gerichtet macht er den ersten Schritt und steigt nach unten, während sich sein Glaube nach oben streckt. Es ist unglaublich, aber Petrus steht auf den Wellen *und jetzt geht er auch noch auf Jesus zu*!

Im Grunde setzte Petrus sein Vertrauen nicht darauf, daß das Wasser ihn tragen würde; er stand auf dem Wort Christi: „Komm!". Petrus vertraute darauf, daß, wenn Jesus ihm auftrug, das Unmögliche zu tun (in diesem Fall sogar, auf dem Wasser zu wandeln), dieser Befehl auch die Kraft zum Gehorsam beinhalten würde.

Wir wissen, daß wenige Augenblicke später Petrus' Glaube schwand. Er fing an zu sinken. Wie Jesus darauf reagiert, ist wirklich außergewöhnlich und eröffnet uns einen Einblick in sein wahres Wesen und seine letztendlichen Absichten. Er lobte Petrus nicht; er beglückwünschte ihn nicht; er *tadelte* ihn!

Wir hätten wohl ein Wort des Lobs und der Ermutigung erwartet, doch nichts von alledem. War Jesus zornig? Nein. In Wahrheit hat sich Jesus voll und ganz dem Ziel verschrieben, uns vollkommen zu machen. Er weiß, daß wir weit hinter dem zurückbleiben, was er für uns bereithält, wenn wir geistlich auf halbem Weg stehenbleiben. Er weiß auch: Je ähnlicher wir ihm werden, desto weniger kann uns die Bosheit der Welt etwas anhaben. Deshalb drängt er uns in schwierige Situationen hinein, weil wir uns dann nämlich gedrängt fühlen, uns auf Gott zu werfen; und Gott drängt uns in Richtung Veränderung. Und ein umgestaltetes Herz findet den Ort der Bewahrung.

Herr Jesus, vergib mir, daß ich in den Stürmen des Lebens Angst gehabt habe. Zu lange habe ich nicht verstanden, daß du dich dem Ziel verschrieben hast, mich vollkommen zu machen. Ich wollte gerettet, aber nicht verändert werden. Ich hatte Angst davor, in allen Dingen wie du zu werden.

Bring deinen Glauben in mir zutage und hilf mir, es nicht falsch zu verstehen, wenn du mich in einem Augenblick des Versagens ermutigst, vollkommen zu werden. Von ganzem Herzen sehne ich mich danach, daß mein Leben dich verherrlicht. Schenk mir die Gnade, daß, wenn andere sehen, was du in mir vollbracht hast, auch sie dich verherrlichen! Amen.

Er bewahrt den Weg seiner Frommen

Denn der Herr gibt Weisheit. Aus seinem Mund kommen Erkenntnis und Verständnis. Er hält für die Aufrichtigen Hilfe bereit, ist denen ein Schild, die in Lauterkeit wandeln, indem er behütet die Pfade des Rechts und den Weg seiner Frommen bewahrt.

Dann verstehst du Gerechtigkeit, Recht und Geradheit und jede gute Bahn.

Denn Weisheit zieht ein in dein Herz, und Erkenntnis wird deiner Seele lieb. Besonnenheit wacht über dir, Verständnis wird dich behüten: um dich zu retten vom bösen Weg.

– Sprüche 2,6-12 –

7

Mehr Reinheit, mehr Schutz

Wenn wir jung im Glauben sind, nimmt Gott uns als Babys an. Es kommt jedoch eine Zeit, in der er anfängt, uns wie Söhne zu behandeln.

Kein Schutz für das Böse

Es gibt bestimmte Bereiche unseres Lebens, die nicht nur außerhalb des göttlichen Schutzes stehen, sondern die Gott sogar zerstören will. Wir müssen erkennen, daß unser fleischliches Wesen keine dauerhafte Sicherheit am Ort der Bewahrung finden wird; auch die dämonischen Bollwerke der Verblendung, der Angst und der Wollust finden keinen göttlichen Schutz.

Um Zuflucht bei Gott zu finden, müssen wir gemeinsam mit dem Herrn gegen Sünde und Kompromißbereitschaft ins Feld ziehen. Entweder zerstören wir diese Dinge oder sie zerstören uns. Durch die Umgestaltung unserer Seele gelangen wir außer Reichweite des Teufels; sie befördert uns, geistlich gesehen, nach oben und plaziert uns in die Himmelswelt.

Aber es ist ein erheblicher Unterschied, ob wir lediglich von der biblischen Lehre her wissen, daß wir mit Christus in der Himmelswelt sitzen (Eph 1,20; 2,6), oder ob wir dann auch tatsächlich von dieser luftigen Warte aus geistlich agieren. Um uns anzuspornen, Christus immer ähnlicher zu werden, unterweist uns der Heilige Geist nicht nur in Lehre und Wahrheit, sondern setzt uns auch Lebensstürmen, Konflikten und satanischen Angriffen aus. Und genau in diesen Konfrontationen mit der Hölle schafft er in uns die Tugenden des Himmels.

Vom Geist geführt

Auf unserem Lebensweg mit Gott müssen wir zunächst bestimmte Lektionen lernen, und gleich danach wird das Erlernte auf die Probe gestellt. So verfuhr der Vater mit seinem Sohn, so verfährt er auch mit uns. Betrachten wir uns deshalb, wie es Jesus erging.

Unmittelbar nach der Taufe Jesu durch Johannes bestätigt Gott seine Sohnschaft. Was kam danach? Jesus wurde vom Heiligen Geist in die Wüste geführt, um, wie die Bibel sagt, **„von dem Teufel versucht zu werden“** (Mt 4,1).

Wenn wir von „geistgeführten“ Menschen oder Situationen sprechen, denken wir unweigerlich an Wunder, Heilungen und Bekehrungen. Doch bevor Jesus dorthin geführt wurde, wo er Wunder tun konnte, wurde er in die Schlacht geführt, in die Schlacht um die Reinheit seines Herzens. Jesus wurde **„... von dem Geist in die Wüste hinaufgeführt, um von dem Teufel versucht zu werden“** (Mt 4,1). Obwohl der Vater seinen Sohn sehr liebte und ihn durch und durch kannte, erprobte er dessen Charakter in Konfliktsituationen.

„Versuchen“ könnte man auch mit „in einer Notlage testen oder prüfen“ umschreiben. Jesus war zwar stets sündlos, lernte jedoch Gehorsam durch die Dinge, die er erlitt. In gleicher Weise zögert der Vater auch nicht, dem Feind einen begrenzten Angriff gegen uns zu gestatten. Es beunruhigt ihn auch nicht, daß wir dadurch Zerbruch erleben werden, ja er wünscht sich sogar ein gewisses Maß an Zerbrochenheit, bevor er uns gebrauchen kann.

Im geistlichen Kampf wird das, was Gott uns gelehrt hat, auf die Probe gestellt. Würden Sie diese göttlichen Tests bestehen? Es gibt nur eins, was wir solchen Prüfungen entgegenhalten können, nur eins, was uns in solchen Härtetests den Sieg garantiert: Wir müssen in diesen und durch diese Prüfungen wie Jesus werden.

Lektionen lernen und Prüfungen bestehen – das ist wie gesagt der rote Faden, der sich durch unser Leben zieht. Die Integrität Gottes fordert jedoch, daß wir uns durch diesen Lernprozeß nicht nur Kopfwissen aneignen, sondern daß unser Herz Christus immer ähnlicher wird. Ja, wenn die Prozesse des Herrn abgeschlossen sind, wird sich uns der Weg Christi nicht mehr nur in Form von Wissen oder Kenntnis eingeprägt haben; vielmehr werden wir uns inmitten der Versuchung und des Kampfes *instinktiv* für ihn entscheiden. Dies ist gleichsam der Augenblick der „Beförderung“ und des Eintritts in die Kraft Gottes.

Der Zutritt zum Ort der Bewahrung ist die Folge eines bleibenden göttlichen Werks in unserem Leben. Jesus verglich die Hingabe im Herzen seiner Jünger mit einem Mann, **„... der**

ein Haus baute, grub und vertiefte und den Grund auf den Felsen legte" (Lk 6,48). Es ist gut für uns, daß er unser altes Wesen umwirft und unsere frisch gewonnenen Tugenden einem Test unterzieht. Denn letztlich wird uns das, was Gott in uns bewirkt, schützen.

Sollen die Stürme doch kommen! Fürchten Sie sich nicht vor dem bedrohlichen Feuer des Lebens. Gott hat versprochen, uns in Not und Leid zu begleiten. In diesen Situationen werden wir gereinigt, und mehr Reinheit bewirkt mehr Schutz.

Herr Jesus, du hast gesagt, daß jene, die reinen Herzens sind, Gott schauen werden. Reinige mich, Herr. Reinige mich davon, auf zwei Hochzeiten tanzen zu wollen. Befreie mich von Selbstsucht und Stolz.

Herr, ich weiß, daß du in deinem Leben auf Erden nur die Dinge getan hast, die du den Vater hast tun sehen. Schaffe in mir Blockaden, die mich veranlassen, meine instinktiven Reaktionen ans Kreuz zu schlagen; befreie mich von dem Zwang, mein Ego am Leben erhalten zu müssen. Befreie mich von jedem Streben außer der Nachfolge Christi. Laß tief in mir das Feuer deiner Herrlichkeit brennen. Amen.

Ein Haus, auf Fels gebaut

Jeder, der zu mir kommt und meine Worte hört und sie tut – ich will euch zeigen, wem er gleich ist. Er ist einem Menschen gleich, der ein Haus baute, grub und vertiefte und den Grund auf den Felsen legte; als aber eine Flut kam, stieß der Strom an jenes Haus und konnte es nicht erschüttern, denn es war auf den Felsen gegründet.

– Lukas 6,47-48 –

8

Der Blutsbund

Eine Welt, in der Ehescheidung gang und gäbe ist und Verträge ohne Skrupel gebrochen werden, kann mit der Vorstellung, sich ein Leben lang in einem Bund mit einer anderen Person eins zu machen, nichts anfangen. Weil uns das Schließen und Halten eines Bundes sowie die daraus folgenden Konsequenzen nicht vertraut sind, bedienen wir uns auch nicht der ewigen Kraft, die uns durch unsere Bündnisbeziehung mit Gott bereits zur Verfügung steht.

Früher war ein Bund die höchste Form gegenseitiger Verpflichtung und Einheit, zu der zwei Menschen fähig waren. Das Wort „Bund“, wie es in der Bibel Verwendung findet, bedeutet eigentlich „aneinanderfesseln“. Durch einen Bund war man auf Lebenszeit an seinen Bündnispartner gebunden. Er drückte aus, daß zwei Menschen eins geworden waren.

Oftmals reichten die beiden Partner beim Bundesschluß einander ein Schwert, um zu signalisieren: „Jeder Feind, der einen von uns angreift, bekommt es mit uns beiden zu tun.“ Das hieß: „Meine Waffen sind wie deine Waffen. Meine Kampfkraft ist wie deine Kampfkraft.“

Oft übergab ein Partner bei der Zeremonie seinem Gegenüber eine Sandale. Dieser Akt symbolisierte die feste Entschlossenheit der beiden Bündnispartner, jeden Weg auf sich zu nehmen, um einander beistehen zu können. Ein anderes Ritual forderte von den beiden, Gott ein Tier zu opfern; das Tier wurde in zwei Hälften geschlagen und beide Partner mußten zwischen den Hälften hindurchgehen. Ab diesem Zeitpunkt betrachtete sich jeder der beiden Bündnispartner als eine Hälfte der durch ihren Bündniseid entstandenen „neuen Person“.

Weil der Bund ein Leben lang galt und oft auch die Nachkommen der beiden Partner miteinbezog, wurde er nicht vorschnell oder informell geschlossen. Schließlich war er ja die höchste Form gegenseitiger Hingabe. Gleichgültig, ob die Einheit zwischen zwei Freunden, zwischen Mann und Frau oder zwischen Gott und Mensch in Form eines solchen Bundes geschlossen wurde – er war der unüberbietbare Inbegriff gegenseitiger Hingabe. Der Bund war die tiefste und dauerhafteste Form gegenseitiger Verpflichtung.

Die Geschichte der Bündnisbeziehungen in der Bibel

Die Bibel selbst wird in zwei Bünde eingeteilt: Was wir Altes und Neues *Testament* nennen, wird oftmals korrekter als Alter und Neuer *Bund* bezeichnet. Die Schrift offenbart, daß der Herr zu verschiedenen Zeiten der Geschichte Bünde mit seinen Dienern initiierte. Es gab sieben entscheidende Bünde; sechs davon schloß Gott mit den folgenden alttestamentlichen Partnern: Noah, Abraham, Isaak, Jakob, Mose und David. Der siebte und wichtigste Bund wurde im Neuen Testament zwischen dem Vater und seinem Sohn geschlossen.

Um einen tieferen Einblick in das Wesen Gottes und seine Bündnisbeziehungen mit den Menschen zu bekommen, führen wir uns einige biblische Beispiele vor Augen.

In 1. Mose 6,5 heißt es, die Bosheit der Welt habe gewaltig überhandgenommen, doch ein Mensch, Noah, habe Gunst in den Augen Gottes gefunden. Dieser Mann wurde Gottes Partner in einem Bund, der die Menschheit vor der Ausrottung bewahrte. Der Herr sagte zu Noah: **„Aber mit dir will ich meinen Bund aufrichten, und du sollst in die Arche gehen, du und deine Söhne und deine Frau und die Frauen deiner Söhne mit dir“** (1 Mose 6,18).

Wenn der Herr beginnt, in der Kraft eines Bundes aktiv zu werden, ist die Wahl seines jeweiligen Partners nur ein Teil des göttlichen Plans. Denken wir nur an Noah: Noch bevor er vor der Flut gerettet wurde, hatte der Herr ungeachtet der Gewalt und Perversion seiner Umwelt Noahs Rechtschaffenheit bewahrt. Dann berief er ihn und gab ihm den Auftrag, die Arche zu bauen. Doch Noah mußte die Arche nicht erst erfinden; Gott gab ihm den Bauplan. Noah mußte sich nicht auf die Suche nach den Tieren machen; Gott brachte sie zu ihm. Und nachdem sie die Arche betreten hatten, schloß der Herr selbst – der Schrift zufolge – das Tor hinter ihnen.

Nicht die Arche war Noahs Schutz, sondern sein Bund mit Gott. Der Bund beinhaltete alles, was Noah und seine Familie brauchten, um die gewaltigste Katastrophe der Welt zu überleben. Ja, sogar der Name „Noah“ bedeutet „Ruhe“. Noah fragte nie, ob wirklich eine Flut kommen würde und wie er die Arche bauen sollte. Noah zögerte nicht ungläubig und grübelte nicht darüber nach, ob das ganze Unternehmen seine eigene oder Gottes Idee wäre. Wer mit Gott einen Bund geschlossen hat, kann aufhören, sich abzurackern; er kann aufhören, um Gottes Plan für sein Leben zu ringen, und zur Ruhe kommen.

Soviel Kraft bekommt ein Mensch durch seinen Bund mit Gott. Der Bund beinhaltet weit mehr als das, was gute Menschen schaffen können, wenn sie ihr Möglichstes versuchen. Er setzt viel mehr frei als das, was kluge Gemeindechristen bewerkstelligen können, wenn sie all ihre Ressourcen anzapfen.

Der Mensch muß nur an dem Glauben festhalten, zu dem Gott selbst ihn inspiriert hat; die erfolgreiche Umsetzung der Bündnisziele hängt jedoch nicht von ihm ab. Das letztendliche Ziel des Bundes ist eine atemberaubende Demonstration der Kraft Gottes, die in vollendeter Weise den Ruhm und die Ehre Gottes unter den Menschen mehrt. Deshalb ist die göttliche Verheißung an Noah *„Aber mit dir will ich meinen Bund aufrichten“* in sich schon die Garantie, daß alles, was Gott verheißen hat, ganz sicher eintreffen wird.

Gehen wir weiter zu Gottes Bund mit Abraham. Der Gott der Herrlichkeit erschien Abraham, als er noch in Mesopotamien war. Gott berief seinen Diener, bereitete ihn vor und versprach ihm, daß er die Welt erben und Vater vieler Nationen werden würde. Abraham glaubte Gott und verließ das Land seiner Väter, um als Fremder in Kanaan zu leben.

Doch es kam die Zeit, in der Gott seinem Diener noch einmal erscheinen sollte. Der Herr sagte: **„Fürchte dich nicht, Abram; ich bin dir ein Schild, ich werde deinen Lohn sehr groß machen“** (1 Mose 15,1). Abrahams Glaube war das herausragende Merkmal seines darauffolgenden Gesprächs mit Gott; er meldete keinerlei Bedenken an, sondern fragte lediglich, wie sein Glaube Frucht bringen könnte.

Der Herr erwiderte: **„Blicke doch auf zum Himmel, und zähle die Sterne, wenn du sie zählen kannst! Und er sprach zu ihm: So zahlreich wird deine Nachkommenschaft sein!“** Im nächsten Vers heißt es: **„Und er glaubte dem Herrn; und er rechnete es ihm als Gerechtigkeit an“** (1 Mose 15,5-6).

Wir können eine Form des Glaubens haben, die für uns viel zwingender und folgenschwerer ist, als nur zu glauben, daß Gott *irgendwann einmal* etwas Wichtiges in unserem Leben tun wird. Dieser Glaube erkennt, daß Gott uns *jetzt* schon zu wichtigen und bedeutsamen Dingen beruft. Es handelt sich dabei um genau die Art von Glauben, die Gott in Abraham weckte. An jenem Abend schloß der allmächtige Schöpfer einen Bund mit Abraham. Gott trug seinem Diener auf, eine Jungkuh, eine Ziege, einen Widder, eine Turteltaube und eine junge Taube zu bringen. **„Und er brachte ihm alle diese. Und er zerteilte sie in der Mitte und legte je einen Teil dem anderen gegenüber“** (1 Mose 15,10).

In dieser Phase sagte der Herr Abraham, die Israeliten würden vierhundert Jahre lang Sklaven in einem fremden Land sein, danach jedoch in das Land zurückkehren, das er Abraham verheißen hatte.

> **„Und es geschah, als die Sonne untergegangen und Finsternis eingetreten war, siehe da, ein rauchender Ofen und eine Feuerfackel, die zwischen diesen Stükken hindurchfuhr. An jenem Tag schloß der Herr einen Bund mit Abram und sprach: Deinen Nachkommen habe ich dieses Land gegeben.“** (1 Mose 15,17-18)

Christus selbst war die Feuerfackel, die zwischen den beiden Stücken hindurchfuhr. Der rauchende Ofen und die Feuerfackel waren prophetische Sinnbilder jener Zeit, in der Gott Israel – unter dem Schirm einer Wolke am Tag und unter Leitung einer Feuersäule in der Nacht – in dieses Land zurückholen würde. Es ist auch bezeichnend, daß nur die Feuerfackel zwischen den Opfertieren hindurchfuhr, was darauf hinweist, daß der Herr sowohl seinen *als auch Abrahams Teil* des Bundes halten würde!

Immer wenn Gott einen Bund initiierte, verpflichtete er sich damit gleichzeitig auch, seinem menschlichen Bündnispartner Gnade und Glauben zu schenken. Auch hier sehen wir, daß die Initiative zum Bundesschluß von Gott ausging. Abrahams Glaube entwickelte sich von einem „lehrmäßigen“ Verständnis der Ziele Gottes zu einer lebendigen Bündnisbeziehung weiter.

Der Herr schloß auch mit Mose einen Bund, und zwar auf dem Berg Sinai (auch bekannt als Horeb). Doch dieser Bund war keine unbedingte Garantie für göttliche Unterstützung, sondern vielmehr ein Versprechen, das vom Gehorsam des Volkes gegenüber den Gesetzen Gottes, also den Zehn Geboten, abhängig war. In diesem Fall würde der Herr Israel nicht automatisch, sondern unter bestimmten Bedingungen unterstützen und stärken; der Bund stand und fiel mit dem Gehorsam des Volks.

Man legte die Gesetzestafeln in eine mit Gold überzogene Truhe, die als „Bundeslade" bezeichnet wurde. Immer wenn Israel in den Krieg zog, trugen sie die Bundeslade vor sich her. *Der Bund war die Kraftquelle ihrer Armeen; Gott selbst war ihr Verbündeter im Kampf.* Als sie auf ihrem Rückweg nach Kanaan den Jordan durchquerten, ruhte die Bundeslade auf den Schultern der Priester; vor ihr teilte sich das Wasser des Flusses, so daß die gesamte Nation ihr Erbe einnehmen konnte. Die Kraft Israels beruhte auf seinem Bund mit Gott.

Der neue Bund

Der gesamte Prozeß rund um einen Bündnisschluß wird durch einen Akt göttlichen Willens initiiert, begonnen, bestätigt und abgeschlossen. Der Bündnispartner Gottes muß dabei lediglich glauben, daß die göttliche Verheißung untadelig ist, und den Bedingungen des Bundes gehorchen.

Wir Christen sind ein Bündnisvolk. Die erlösende Kraft, die innerhalb des sogenannten „christlichen Lebens" wirksam wird, geht auf einen ewigen Bund zurück. Unsere Beziehung zu Gott ist eine *Bündnis*beziehung durch Christus. Er ist der Anfänger und Vollender; er ist Ursprung, Motor und Ziel unserer Errettung.

Wir erkennen also, daß unser Gott Bünde schließt und hält. Der wichtigste Bund, der je geschlossen wurde und alle anderen Bünde erfüllte, ist natürlich die Bündnisbeziehung zwischen Vater und Sohn – der Blutsbund.

Die Bedingungen dieses Bundes waren gewaltig: Wenn der Sohn Gottes ein vollkommenes, sündloses Leben führen und dieses makellose Leben schließlich ergeben zu unserer Erlösung Gott opfern würde, würde Gott ab diesem Zeitpunkt bis in alle Ewigkeit jeder Seele, die um Vergebung bittet, diese auch schenken. Der Vater versprach im Rahmen dieses Bundes mit seinem

Sohn, alle Sünden der Menschheit auf das Kreuz Christi zu übertragen.

Wenn wir heute Vergebung erlangen, haben wir dies einzig und allein der Tatsache zu verdanken, daß Jesus sich an die Bedingungen dieses Bundes hielt. Durch Jesus bekommen wir Zugang zu Gott und Vergebung unserer Sünden. Jedesmal, wenn Satan uns wegen unserer Sünden verdammen oder uns wegen unserer Fehler anklagen möchte, brauchen wir nur auf das Blut Christi zu verweisen. Denn unser Heil beruhte nie auf unseren guten Taten; die Grundlage unseres Glaubens ist das, was Jesus Christus in seinem Bund mit Gott Vater für uns errungen hat.

Wir wollen uns auch noch folgendes voller Freude vor Augen führen: Gott schloß seinen Bund nicht mit einem fehlbaren Menschen, dem es an Vision und an der Kraft zur Umsetzung des Bundes gemangelt hätte. Nein, im Neuen Bund *schloß Gott einen Bund mit Gott*.

In Christus sind wir Kinder Gottes. Wenn wir aber Kinder sind, **„... so auch Erben, Erben Gottes und Miterben Christi ...“** (Röm 8,17). So wie Noahs Familie durch dessen Bund mit Gott in den Genuß des göttlichen Schutzes kam, erlangen wir durch Christus Zugang zum Ort der Bewahrung. Und so wie die Nachkommen Abrahams in den Genuß der im Bund mit Abraham enthaltenen Verheißungen kamen, erben wir alle Segnungen, die der Bund zwischen Gott und Jesus umfaßt.

Jeder Regenbogen erinnert uns daran, daß Gott seinen Bund hält. Jedesmal, wenn wir daran denken, daß Israel früher in alle Welt verstreut war und heute wieder in genau das Land zurückkehrt, das Gott Abraham verheißen hatte, wird offenbar, wie treu der Allmächtige zu seinen Bündnisverheißungen steht.

Durch Jesus erhalten wir eine „Sandale“ als Zeichen der göttlichen Verpflichtung und Bereitschaft, aus der Ewigkeit zu uns zu kommen, um an unserer Seite zu stehen. Wir haben einander das Schwert gereicht: Gott und seine Bündnispartner tun sich gegen das Böse zusammen. Unsere Feinde – Krankheit, Armut und Angst – sind auch seine Feinde; seine Feinde – Sünde und Satan – sind auch unsere Feinde. Gott und der Mensch kämpfen Schulter an Schulter gegen ihre gemeinsamen Feinde.

Das Opfertier des Bundes ist kein Stier und keine Ziege, sondern ein Lamm. Gott und Mensch gehen zwischen den beiden „Hälften" Jesu hindurch: Da Christus ganz Mensch war, werden wir eins mit Gott; und da Christus auch ganz Gott war, wird Gott eins mit uns. In Jesus vereinen sich Gott und Mensch in einem kraftvollen Bund.

Wie groß du bist! Innerhalb deines Bundes mit Gott gabst du dein Leben für mich. Deine Liebe ist unvergleichlich; niemand ist so gut zu mir wie du. Niemand ist wie du, absolut niemand. Schenk mir den Mut, in einer Bündnisbeziehung mit dir zu leben. Schenk mir den Glauben, durch den ich sicher weiß, daß du gegen Krankheit und Angst an meiner Seite stehst und daß ich gegen die Sünde und das Böse an deiner Seite stehe. In der Kraft deines Bundes werde ich den vollständigen Sieg haben. Amen.

„Wenn ich das Blut sehe ..."

Und sie sollen von dem Blut nehmen und es an die beiden Türpfosten und die Oberschwelle streichen an den Häusern, in denen sie es essen.

Und ich werde in dieser Nacht durch das Land Ägypten gehen und alle Erstgeburt im Land Ägypten erschlagen vom Menschen bis zum Vieh. Auch an allen Göttern Ägyptens werde ich ein Strafgericht vollstrecken, ich, der Herr. Aber das Blut soll für euch zum Zeichen an den Häusern werden, in denen ihr seid. Und wenn ich das Blut sehe, dann werde ich an euch vorübergehen: so wird keine Plage, die Verderben bringt, unter euch sein, wenn ich das Land Ägypten schlage.

Und der Herr wird durch das Land gehen, um die Ägypter zu schlagen. Sieht er dann das Blut an der Oberschwelle und an den beiden Türpfosten, wird der Herr an der Tür vorübergehen und wird dem Verderber nicht erlauben, in eure Häuser zu kommen, euch zu schlagen.

– 2. Mose 12,7.12-13.23 –

9

Die Taufe der Liebe

Sich intensiv mit Gott befassen

In unserer Welt voller Angst und Sorgen fällt es uns nicht leicht, zur Ruhe zu kommen und in unserem Herzen über Gott nachzusinnen. Wir können in der Bibel lesen oder in anderen Dingen gehorsam sein; wir wissen – der eine mehr, der andere weniger –, wie man Zeugnis gibt, ermahnt und segnet. Wir wissen, wie man diese Dinge in sein Leben integriert und sie immer weiter vervollkommnet. Doch die Seele über die Ebene der materiellen Welt hinaus zu erheben und sich ganz bewußt und intensiv mit der Person Gottes zu befassen, das scheint den christlichen Erfahrungshorizont dann doch zu übersteigen.

Doch wenn wir das ureigenste Wesen Gottes erreichen und erfassen, betreten wir den Ort der Bewahrung; auf diese Weise ergreift unser Geist den Sieg, den Christus errungen hat. Um seinetwillen können wir uns nicht mit guten Werken zufriedengeben. Letztlich werden wir feststellen, daß das Lernen und Forschen und der Gottesdienstbesuch nur Formen sind, die uns aus sich selbst heraus keine Befriedigung schenken. Diese Aktivitäten müssen zu dem werden, wozu der Herr sie gedacht hat: *Mittel und Wege, um Gott zu suchen und zu finden.* Es bereitet uns keine Freude, geistliche Übungen mechanisch auszuführen – diese Übungen müssen uns dem Allmächtigen näherbringen.

Paulus schrie: „Ihn möchte ich erkennen" (vgl. Phil 3,10). Aufgrund dieses Verlangens, Jesus zu erkennen und zu kennen, lernte Paulus all das, was er über die Errettung, die Gemeindeordnung, Evangelisation und die Endzeit wußte. Aus der leidenschaftlichen Sehnsucht seines Herzens, Gott zu kennen, bekam er Offenbarung, verfaßte er die Heiligen Schriften und gewann er Einblick in die ewigen Dinge.

Was Paulus wußte, basierte auf den *Erfahrungen*, die er mit Christus machte. Doch wir haben uns mit einem System historischer *Fakten* über Gott zufriedengestellt und drängen nicht mehr vorwärts, um die *Realität* Gottes zu erfahren. Doch die Verfasser der Bibel wurden gerade deshalb zum Schreiben inspiriert, damit wir uns gedrängt fühlen, den lebendigen Gott zu finden. Wenn die Schrift in uns nicht dieses grundsätzliche Verlangen nach Gott weckt, ist unsere Beziehung zum Wort Gottes zu oberflächlich.

Es ist unser Ziel, Gott so lange ernsthaft zu suchen, bis wir ihn gefunden haben. Theologisches Wissen ist nur der erste Schritt zum Ort der Bewahrung; es ist gleichsam die Landkarte, auf der wir den Zielort finden. Wir haben viel zu lange darüber diskutiert, wie man sich Gott lehrmäßig korrekt nähert, ohne selbst wirklich in seine Gegenwart einzutreten. Wir debattieren darüber, wie man die Karte, die Gott uns gegeben hat, richtig liest, ohne uns tatsächlich auf den Weg zu machen.

Die alle Erkenntnis übersteigende Liebe Christi

Es gibt einen Ort, an dem wir in der Liebe Christi wohnen, der mit dem Verstand nicht mehr zu erfassen ist. Das ist in der Tat der Ort der Bewahrung. Wir beten gemeinsam mit dem Apostel Paulus, daß wir die **„alle Erkenntnis übersteigende Liebe Christi“** kennenlernen mögen (Eph 3,19; Menge). Es gibt einen Ort, an dem die Liebe wohnt, und Gott möchte, daß wir ihn betreten. An diesem Ort wird unser Wissen über Gott mit dem Wesen Gottes ausgefüllt.

Um Gott wirklich zu kennen, müssen wir ihn in gewissem Maß auch als Person erfahren. Könnte irgendeine Beschreibung eines Sonnenaufgangs oder eines Sternenhimmels Ihr persönliches Erlebnis dieser herrlichen Schönheiten ersetzen? Analog dazu gilt: Um Gott wirklich zu kennen, müssen wir ihn suchen, bis wir die Ebene unseres Verstandes hinter uns lassen und eine echte Begegnung mit dem Allmächtigen haben.

Der Ruf Gottes „nach oben“ holt uns aus der Begrenzung unserer Lehren heraus und hinein in die Gewißheit der göttlichen Gegenwart. Diese Reise bringt uns an den Punkt der Kapitulation, an dem wir unser ganzes Leben in seine Hände legen. Wir müssen es zunächst lernen, seine Stimme zu hören, und dann von diesem Ausgangspunkt aus eine Stufe höher zur Wohnung der Liebe hinaufzusteigen.

Eine überwältigende Liebe wird das Kennzeichen des letzten großen Wirkens Gottes auf Erden sein, *eine Taufe der Liebe*, die Christus über sein Volk ausgießt, die wir dann in Form von

Lobpreis wieder an ihn zurückgeben. Wer sich wirklich nach Jesus sehnt, wird in immer gewaltigeren Wellen die tiefe, erfüllende Liebe Christi erfahren.

Ja, sein Kreuz wird uns brechen; jawohl, seine Heiligkeit wird uns reinigen. Doch seine Liebe wird unser ganzes Sein mit seinem Wesen erfüllen.

Ist so etwas möglich, Herr? Stimmt es wirklich, daß ich die Liebe Gottes, die alle Erkenntnis übersteigt, kennenlernen werde? O Gott, ich möchte dich kennen und in deiner konkret erfahrbaren Liebe leben, denn deine Liebe ist meine Festung und mein Schutz.

Hilf mir, Meister, deine Liebe zu erkennen, nicht als göttliche Emotion, sondern als Kern und Essenz deines Wesens! Hilf mir zu erkennen, daß nicht Pilatus oder Satan dich ans Kreuz schlugen, sondern daß du es einzig und allein aus Liebe heraus getan hast. Erinnere mich ganz neu daran, daß deine Liebe immer noch und gerade jetzt für mich bittend eintritt.

Mit Gott überflutet

Möge Christus durch euren Glauben (tatsächlich) in euren Herzen wohnen (sich niederlassen, bleiben, seine dauerhafte Wohnung einrichten)!

Ihr mögt tief in der Liebe verwurzelt und sicher in der Liebe gegründet sein, damit ihr die Macht habt und stark seid, um gemeinsam mit den Heiligen (um gemeinsam mit Gottes hingegebenem Volk diese Liebe zu erfahren) zu erfassen, was (deren) Breite und Länge und Höhe und Tiefe ist; (damit ihr wirklich) – praktisch, durch eigene Erfahrung – die Liebe Christi erkennt, die bloßes Wissen (ohne Erfahrung) bei weitem übersteigt; damit ihr erfüllt werdet (in all eurem Sein) zur ganzen Fülle Gottes – (das heißt), damit ihr das überreichliche Maß an göttlicher Gegenwart habt und zu Menschen werdet, die mit Gott selbst voll und ganz erfüllt, ja überflutet werden!

– Epheser 3,17-19 (nach der englischen „Amplified Version“) –

10

Wo jedes Gebet erhört wird

Wir sollten uns nicht der Illusion hingeben, daß wir, bloß weil wir Christen sind, automatisch dem Geheimnis auf die Spur gekommen sind, wie man in Christus bleibt. Jesus sagte: **„Wenn ihr in mir bleibt und meine Worte in euch bleiben, so werdet ihr bitten, was ihr wollt, und es wird euch geschehen“** (Joh 15,7). In ihm bleiben heißt, ununterbrochen mit seinen Leidenschaften verschmolzen zu sein; in ihm bleiben heißt, die Wohnung Gottes gefunden zu haben, wo keine Barriere mehr zwischen unserer Schwachheit und seiner vollen Genüge bzw. zwischen unserer Sehnsucht und seiner Erfüllung steht.

Angesichts der Größe und Herrlichkeit der göttlichen Verheißungen ist es wirklich sehr schade, daß sich die meisten von uns pro Tag nur wenige Minuten Zeit mit Gott nehmen und lediglich einen oder zwei Gottesdienste pro Woche feiern. Der Ort der Bewahrung ist kein Ort, an dem wir Gott lediglich besuchen, sondern an dem wir bei ihm wohnen. Für jeden Christen, der bei Gott wohnt, ist die Gegenwart Gottes nicht nur Zufluchtsort, sondern ständiger Wohnsitz.

Wenn wir in Christus bleiben, werden wir eins mit ihm, so wie er und der Vater eins sind. Sein Leben, seine Kraft, seine Weisheit und sein Geist tragen und erhalten uns. Wir leben in vollkommener Schwachheit und können uns nicht mehr gegen ihn wehren. Wie in der Vater-Sohn-Beziehung gilt auch für uns, daß wir nichts mehr aus eigener Initiative tun, sondern nur noch die Dinge, die wir ihn tun sehen.

Sollte er nicht mehr von uns fordern als unsere Liebe, sind wir vollends zufrieden. Jesus ist unsere erste Wahl, nicht unsere letzte Zuflucht. Wer in diese Wohnung eingezogen ist, fragt nicht mehr nach korrekter Lehre oder dem richtigen Gebet vor einem Altar. Wir haben ihn gefunden, ihn, den unsere Seele liebt. Seine Stimme entwaffnet und leitet uns, vor seiner Liebe kapitulieren wir, von ihr lassen wir uns gefangennehmen.

Er sagt: **„Meine Taube in den Schlupfwinkeln der Felsen, im Versteck an den Felsstufen, laß mich deine Gestalt sehen,**

laß mich deine Stimme hören! Denn deine Stimme ist süß und deine Gestalt anmutig“ (Hld 2,14).

Diese Herzensgemeinschaft zwischen Christus und seiner Braut ist ein Ort der Bewahrung. Dort schützt Gott uns vor den Schrecken und Verlockungen des Lebens; dort sagt er uns, was wir beten sollen, und dort wird unser Flehen erhört. Obwohl wir fehlerhaft und unsere Gebete schwach sind, klingt unsere Stimme süß in seinen Ohren; obwohl wir bescheidene und niedrige Geschöpfe sind, empfindet er unsere Gestalt als anmutig.

An der Brust Jesu

Was bedeuten wir Jesus? Hat er uns nur deshalb Leben gegeben, weil er seine schöpferischen Fähigkeiten ausprobieren wollte? Nein. An uns erfüllt sich seine Liebe. **„Wie er die Seinen, die in der Welt waren, geliebt hatte, so liebte er sie bis ins Letzte und bis zur Vollendung“** (Joh 13,1; nach der englischen „Amplified Version“).

Sie sind von Gott geliebt. Er schätzt Sie. Jesus ist für jeden von uns persönlich gestorben; er betet für uns namentlich zum Vater. Sie sagen: *„Aber ich habe ständig Angst und bin ein Versager.“* Er erwidert: **„Vater, sie sind dein Geschenk an mich“** (Joh 17,24; wörtl.a.d.Engl.).

Christus schätzt uns, weil wir Gottes Geschenk an ihn sind. Jesus weiß, daß der Vater nur gute Gaben gibt (Jak 1,17). Ja, wir sind unvollkommen, doch Christus sieht uns so, wie wir aufgrund der Wirksamkeit seiner Gnade letztlich sein werden.

Und welche Art Geschenk sind wir? Sind wir eine Belohnung oder vielleicht eher eine Herausforderung? Weder noch. Wir sind seine Braut. Ein Blick von uns läßt sein Herz schneller schlagen (Hld 4,9). Und genau hier, in unserer Liebesbeziehung mit Jesus, finden wir Sicherheit am Ort der Bewahrung.

Herr, vergib mir, daß ich in meiner Hingabe an dich so wankelmütig bin. Herr, ich verlasse jede Wohnung, die sich mein Ich eingerichtet hat. Schenk mir deine Kraft, damit ich wirklich in dir bleiben kann; hilf mir zu gehorchen, damit ich dein Wort dauerhaft in mir bewahre. Ich sehne mich mit meinem ganzen Sein nach ständiger Gemeinschaft mit dir. Forme mich hier und jetzt, damit ich mich in deine Gegenwart eingliedere, damit ich in Einheit mit dir bei dir wohne und damit der Impuls deines Willens meine Lebenskraft sei.

Weil wir ihn lieben

„Weil er an mir hängt, will ich ihn erretten. Ich will ihn schützen, weil er meinen Namen kennt.

Er ruft mich an, und ich antworte ihm. Ich bin bei ihm in der Not. Ich befreie ihn und bringe ihn zu Ehren. Ich sättige ihn mit langem Leben und lasse ihn mein Heil schauen."

– Psalm 91,14-16 –

11

Die Kraft seines Namens

Eins mit Christus

„Und was ihr bitten werdet in meinem Namen, das werde ich tun, damit der Vater verherrlicht werde im Sohn“ (Joh 14,13). Mit wieviel Ernsthaftigkeit haben wir die Worte Christi gelesen: *„Was ihr bitten werdet ... werde ich tun.“*? Wie kommt es, daß sich diese Verheißung bei uns nicht erfüllt? Warum bringt so viel Erwartung so wenig Frucht?

Führen Sie sich nur vor Augen, welche Tragweite die Worte Jesu haben, wenn sie wirklich wahr werden! Jede Krankheit kann geheilt werden; jeder Dämon kann ausgetrieben werden; jeder Sünder, sei es ein Freund oder ein Verwandter, kann gerettet werden. Denn schließlich sagte Jesus ja: „Was ihr bitten werdet ...“ Wer sollte unseren Glauben davon abhalten, nach einer noch gewaltigeren Erfüllung zu streben? Nicht nur jeder Mensch kann geheilt werden, sondern jede Stadt; nicht nur jeder Dämon kann ausgetrieben werden, sondern jede Gewalt, jeder Fürst kann vernichtet werden. Die Enden der Erde warten darauf, daß unser Glaube aufwacht und diese Verheißung Christi ergreift!

Doch wie der reiche Jüngling wissen auch wir, daß uns etwas fehlt. Wir fragen den Meister: *„Was fehlt uns denn noch?“* Die oben zitierte Passage aus dem Johannesevangelium geht weiter: **„Wenn ihr etwas bitten werdet in meinem Namen, so werde ich es tun. Wenn ihr mich liebt, so werdet ihr meine Gebote halten ...“** (Joh 14,14-15). *Jesus wird erst dann unsere Bitten spontan erhören, wenn wir seinen Bitten instinktiv gehorchen.* Dieser Gehorsam bereitet uns auf die Erfahrung vor, daß er in uns wohnt und seine Liebe darin zur Erfüllung kommt.

Es ist absolut entscheidend, ihm zu gehorchen, doch letztlich geht es Christus nicht nur um unseren Gehorsam, sondern um unsere Einheit mit ihm. Er würde lieber in einer innigen Beziehung in den Herzen nur eines oder zweier seiner Diener wohnen, als zehntausend Diener zu haben, die ihn nur vom Hörensagen kennen. Er ist auf unsere Liebe aus. Und was ist Liebe? Leidenschaftliche Sehnsucht nach dem Einssein.

„Wer meine Gebote hat und sie hält, der ist es, der mich liebt; wer aber mich liebt, wird von meinem Vater geliebt werden; und ich werde ihn lieben und mich selbst ihm offenbaren“ (Joh 14,21). Gehorsam aus Liebe führt zu noch mehr Liebe; noch mehr Liebe führt letztendlich dazu, daß Christus unverhüllt in unseren Herzen offenbart wird.

„Ich werde ihn lieben und mich selbst ihm offenbaren.“ Lassen Sie diese Worte immer wieder auf sich wirken! Wecken wir unseren Geist, damit er die tiefe, heilige Sehnsucht erkennt, die hinter dieser Verheißung Christi steckt! In diesen Worten wird das Herz Christi offenbar: Seine Leidenschaft für seine Jünger und seine Sehnsucht nach ununterbrochener Gemeinschaft mit ihnen, die sie auf eine innige Beziehung zu ihm vorbereiten sollte, die über seine Auferstehung hinaus halten sollte.

In seinem Namen

„Innige Gemeinschaft mit Jesus“, „mit Jesus eins sein“ – was bedeuten diese Worte anderes, als daß die Einheit zwischen Christus und seiner Gemeinde eine neue Schöpfung hervorgebracht hat, eine neue Spezies Mensch, die teils irdischer, teils himmlischer Natur ist. Als solche haben wir Zugang zur Gegenwart Gottes; dort treten wir ein für die Nöte der Menschen und von dort aus kommen wir zu den Menschen als Botschafter Gottes, die ihnen sein Wort bringen und sie im Namen Christi anflehen, sich mit Gott versöhnen zu lassen.

Deshalb verheißt Jesus: **„Und was ihr bitten werdet in meinem Namen, das werde ich tun, damit der Vater verherrlicht werde im Sohn. Wenn ihr etwas bitten werdet in meinem Namen, so werde ich es tun“** (Joh 14,13-14). Der Schlüssel zur Erfüllung dieser Verheißung Jesu sind die Worte „in meinem Namen“. Man könnte sagen, alle Verheißungen Gottes sind gleichsam im Namen Jesus verpackt.

Der Name Jesu ist das göttliche und königliche Siegel des Herrn, seine Unterschrift auf unserem Marschbefehl. Wenn wir in inniger Gemeinschaft eins mit ihm sind, machen wir uns auch eins mit ihm, was seine Ziele anbelangt. Er sagte: **„Wie der**

Vater mich ausgesandt hat, sende ich auch euch" (Joh 20,21). Wenn wir nun von „unserem Gebet" sprechen, müssen wir deshalb eigentlich davon sprechen, daß es das Gebet Christi ist, das durch uns zum Vater geht. Als jene, die Christus beauftragt und ausgesandt hat, das Erlösungswerk voranzutreiben, treten wir als irdische Repräsentanten Christi vor den Vater. Sein „Name" ist identisch mit seiner Mission, nämlich die Verlorenen dieser Welt zu retten, die Verletzten zu heilen und die Dämonisierten zu befreien.

Ich bat einmal eine Sekretärin, die noch nicht lange bei mir war, einen Gemeindeleiter und guten Freund von mir anzurufen. Sie rief ihn an, doch da er viel zu tun hatte, war er nicht zu sprechen. Als sie mir erzählte, sie hätte ihn nicht erreicht, fragte ich sie, ob sie der Sekretärin meines Freundes gesagt hätte, daß sie im Namen von Francis Frangipane anriefe. Sie verneinte. Ich bat sie, gleich nochmal anzurufen und meinen Namen zu erwähnen. Diesmal wurde sie sofort verbunden. Die Verbindung entstand nicht aufgrund *ihrer* Beziehung zu ihm, sondern aufgrund *meiner* Beziehung zu ihm. Sie brachte auch nicht ihre Bitten und Anfragen vor, sondern *meine* Bitten. Sie bekam, worum sie bat, weil sie in meinem Namen kam und damit stellvertretend für meine Absichten und Ziele stand.

Ähnlich verhält es sich, wenn wir zu Gott kommen und den Namen Jesu gebrauchen. Wir repräsentieren Christus und seine irdischen Interessen. Aufgrund der vollkommenen Beziehung zwischen Vater und Sohn brauchen wir keine erprobte, bewährte und lange Beziehung mit Gott, um sofort Zugang zu ihm zu bekommen. Wir kommen zum Vater auf der Grundlage von *Christi* Beziehung zu ihm.

„Im Namen Jesu" zum Vater kommen heißt, die Kraft des Vaters empfangen, um die Ziele *Christi* erreichen zu können. Wenn wir im Namen Jesu kommen, geht es dabei darum, was Jesus will. Das heißt eben nicht, daß ich alles, was *ich* möchte, erbitten und empfangen kann, es sei denn meine Anliegen entsprechen den Anliegen Jesu. Ich kann nicht einfach ein selbstsüchtiges Gebet mit einer religiösen Schlußformel abschließen und dann erwarten, daß ich ungeachtet meiner Motive stets erhört werde. Nein. Erst wenn unser Herz rein und echt für die

Ziele und Absichten Jesu schlägt, werden unsere Gebete mit göttlicher Kraft aus himmlischen Ressourcen bestätigt werden.

Und was ist mit unseren persönlichen Anliegen? Jesus sagte, wenn wir zuerst nach dem Reich Gottes trachteten, würde alles, was wir für das Leben auf Erden bräuchten, automatisch hinzugetan werden (vgl. Mt 6,33). Was ist das Reich Gottes? Die sichtbare Demonstration des Heilsplans Jesu und seines Willens, alle Menschen zu retten. Wir kommen zu dem Schluß, daß unsere Freude und Zuversicht im Gebet darauf basiert, daß Christus eine innige Beziehung mit dem Vater hat und wir uns auf der Grundlage des Namens Jesu dem Vater nähern.

Gegen den Feind

Die Worte „in seinem Namen" beziehen sich auch auf die Autorität, die Christus uns für den geistlichen Kampf gegeben hat. Wir repräsentieren nicht nur die Interessen Christi vor dem Vater, sondern gebrauchen auch die Autorität seines Namens gegen den Feind und gegen alles, was sich den offenbarten Absichten Gottes widersetzt. In seinem Namen wird sich jedes Knie beugen und jede Zunge bekennen, daß er Herr ist.

Wir sind Botschafter Christi. In der Welt werden jene Diplomaten zu Botschaftern berufen, die die Interessen ihrer Regierungen meisterlich zu vertreten wissen. Sie haben sich als vertrauenswürdig erwiesen; sie wissen, was ihre Regierung *auf dem Herzen hat*. Wie fähig ein Botschafter ist, zeigt sich daran, wie gut er die Absichten seiner Herren repräsentieren kann. Weil der Abgesandte vom Regierenden ständig Anweisungen erhält, ist sein Wort genauso bindend wie das Wort des Regierenden selbst.

In vergleichbarer Weise werden wir durch unsere Einheit mit Christus darauf vorbereitet, seinen Willen widerzuspiegeln und seine Absichten zu repräsentieren. Ob wir nun mit dem Heilsplan und den Rettungsabsichten Jesu auf dem Herzen vor Gottes Thron treten oder mit dem ewigen Gericht Christi die Bollwerke der Hölle attackieren – wir agieren in jedem Fall im Namen Jesu Christi! Nun können wir erbitten, was wir wollen, und es wird uns zuteil werden, *weil wir in der Autorität Jesu Christi kommen*! Im Namen Jesu zu bleiben – das ist unser Ort der Bewahrung.

Herr Jesus, kein Name ist mit deinem Namen vergleichbar! Wenn ich deinen Namen in der Anbetung ausspreche, ist er wie Honig auf meinen Lippen; wenn ich ihn im Kampf proklamiere, wird er zur Waffe, der kein Feind widerstehen kann. Gib mir Gnade, Meister, daß ich dich in allen Lebenslagen und -bereichen voll und ganz repräsentieren und ab jetzt in der Kraft deines Namens in die Welt hinausgehen kann!

Was auch immer ihr bitten werdet ...

Und was ihr bitten werdet in meinem Namen, das werde ich tun, damit der Vater verherrlicht werde im Sohn. Wenn ihr etwas bitten werdet in meinem Namen, so werde ich es tun.

– Johannes 14,13-14 –

12

„Diesmal will ich den Herrn preisen“

Enttäuschungen werden kommen

Wir können nicht durchs Leben gehen, ohne auch einmal verletzt zu werden. In dieser Welt werden wir unweigerlich Schmerz und Enttäuschung erleben. Doch die Art und Weise, wie wir mit Rückschlägen umgehen, formt unseren Charakter und bereitet uns auf die Ewigkeit vor. Unsere Einstellung zu den Dingen, die uns widerfahren, ist ausschlaggebend dafür, inwieweit sich Unfriede in uns breitmachen kann.

Ungeachtet der Schwierigkeiten, mit denen wir es zu tun hatten, und trotz der Fehler, die wir machten, können am Ende unseres Lebens entweder Lobpreis und Danksagung oder Elend und Wehklage stehen. Letztendlich müssen wir zu folgendem Schluß kommen: Was wir hier auf Erden erleben, wird entweder so bereichernd sein wie die Wünsche, die uns erfüllt wurden, oder so schmerzlich wie die Dinge, die wir bedauern.

Die Bibel sagt: **„Hingezogene Hoffnung macht das Herz krank ...“** (Spr 13,12). Schwere Enttäuschungen im Leben sitzen oft so tief, daß wir sie nicht wieder loswerden; sie brennen sich in unser Herz wie Feuer und verhärten sich in unserem Wesen wie erkaltende Lava. Rück- und Fehlschläge machen uns vorsichtig gegenüber neuen Unternehmungen und argwöhnisch gegenüber neuen Freunden. Je verletzter wir sind, desto weniger öffnen wir uns für Neues. Wir haben Angst davor, durch neue Beziehungen noch einmal verletzt zu werden.

Wenn wir es nicht lernen, mit diesem tiefen Kummer richtig umzugehen und ihn zu bewältigen, werden wir zu Zynikern voller Verbitterung und Ressentiments und verlieren die Freude am Leben.

Die Quelle der Erfüllung

Unsere eigenen Wünsche und inwieweit sie in unserem Leben erfüllt werden, bewirken entweder Freude oder Kummer. Selbst so grundlegende Wünsche wie der Wunsch nach einem Ehepartner oder nach Freunden können uns knechten, wenn wir uns nur noch um sie drehen. Sind diese Wünsche in sich schlecht? Nein, doch wenn wir in erster Linie deshalb zu Christus gekommen sind, damit unsere Wünsche erfüllt werden, kann es gut sein, daß wir im Leben einfach nicht vorwärtskommen, solange wir die Reihenfolge unserer Prioritäten nicht neu ordnen.

Es *ist* dem Herrn ein Anliegen, unsere Wünsche zu erfüllen, doch um dieses Ziel zu erreichen, muß er unsere Umklammerung unseres eigenen Lebens lösen und unsere Herzen ihm zuwenden. Schließlich sind wir nicht auf der Welt, um unsere Wünsche erfüllt zu bekommen, sondern um seine Anbeter zu werden.

Die persönliche Erfüllung kann zum Götzen werden; es kann sich eine derartige Obsession daraus entwickeln, daß wir mehr für unser Glück als für Gott leben. Deshalb schließt unsere Bekehrung mit ein, daß Christus unsere Wünsche je nach Priorität neu einstuft. In der Bergpredigt formulierte er dies folgendermaßen: **„Trachtet aber zuerst nach dem Reich Gottes und nach seiner Gerechtigkeit, und dies alles wird euch hinzugefügt werden. So seid nun nicht besorgt um den morgigen Tag, denn der morgige Tag wird für sich selbst sorgen“** (Mt 6,33-34). Gott möchte und wird uns in einem Maß erfüllen und sättigen, wie wir es uns nicht einmal im Traum vorstellen können, doch zuerst muß er die Nummer eins in unserem Herzen sein.

Jakobs erste Frau Lea ist ein herrliches Beispiel hierfür. Lea war wenig attraktiv und von ihrem Ehemann weder erwünscht noch geliebt. Jakob hatte Laban, Leas Vater, wegen Rahel, Leas jüngerer Schwester, sieben Jahre lang gedient. Doch in der Hochzeitsnacht schickte Laban Lea anstelle von Rahel ins Zelt der Frischvermählten. Und obwohl Jakob eine Woche später tatsächlich Rahel heiratete, mußte er noch einmal sieben Jahre für sie arbeiten. Im Endeffekt hatte Jakob zwei Frauen, die Schwestern waren. Die Schrift sagt uns, er habe Rahel geliebt, Lea hingegen gehaßt.

„Als nun der Herr sah, daß Lea ungeliebt war ...“ (1 Mose 29,31; Menge). Wir müssen diesen Charakterzug Gottes verstehen: *Der Herr fühlt sich zu den Leidenden hingezogen.* **„Der**

Herr sah ... Lea.“ Eine großartige Aussage! So wie Wasser stets nach unten fließt und sich am niedrigsten Punkt sammelt, so streckt sich Christus zuerst nach den Niedergeschlagenen aus, um die Niedrigsten zu erfüllen und zu trösten.

Der Herr sah, daß Lea ungeliebt war. Er sah ihren Schmerz, ihre Einsamkeit und ihren tiefen Kummer. Obwohl Jakob Lea nicht liebte, liebte der Herr sie um so mehr und schenkte ihr einen Sohn. Es war eigentlich absehbar, wie Lea darauf reagieren würde. Sie sagte: **„Jetzt wird mein Mann mich lieben“** (V. 32).

Mit jemandem verheiratet zu sein, von dem man gehaßt wird (wie es Lea erging), ist schlimmer als allein zu leben. Wie sehr Lea sich wünschte, Jakob würde sie so lieben wie er Rahel liebte. Wer könnte es ihr übelnehmen? Leas Wunsch war gerechtfertigt. Schließlich hatte sie ihm seinen Erstgeborenen geschenkt. Sie dachte, wenn der Herr schon ihren Mutterleib öffnen konnte, wäre er auch in der Lage, Jakobs Herz zu öffnen. Aber die Zeit war noch nicht gekommen; Jakob liebte sie immer noch nicht.

Lea brachte noch zwei Söhne zur Welt, und jedesmal bekam ihre Sehnsucht nach ihrem Ehemann neue Nahrung. Sie sagte: **„Diesmal endlich wird sich mein Mann an mich anschließen, denn ich habe ihm drei Söhne geboren“** (V. 34). Doch Jakob fühlte sich immer noch nicht zu ihr hingezogen.

Lea mußte etwas lernen, was wir alle lernen müssen: *Man kann die Liebe eines anderen nicht erzwingen.* Ja, je mehr man andere unter Druck setzt, um akzeptiert zu werden, desto wahrscheinlicher wird man von ihnen abgelehnt werden. Einzig und allein Jakobs Liebe würde Lea die Erfüllung schenken. Aber ihr Problem wurde nur noch größer: Jakob fand sie ohnehin nicht attraktiv, doch ihre Eifersucht machte sie noch weniger begehrenswert.

Wir lesen in diesem Text, daß der Herr dreimal sah und hörte, daß Lea ungeliebt wäre. Er hatte ihre Niedergeschlagenheit gesehen. Der Herr benutzte die Zeit, in der sie sich abmühte, Jakobs Herz zu erobern, und durch ihre Ehe immer enttäuschter wurde, um sie sanft zu umwerben.

Als Lea zum vierten Mal schwanger wurde, geschah in ihr ein Wunder der Gnade. Allmählich wurde ihr bewußt, daß sich ihr Mann zwar nicht um sie gekümmert hatte, sie dafür aber von

Gott geliebt wurde. Und je näher der Tag der Geburt heranrückte, desto näher kam sie Gott. Sie wurde eine Anbeterin des Allerhöchsten.

Als sie schließlich noch einen Sohn gebar, sagte sie: **„Diesmal will ich den Herrn preisen!“** (V. 35) Sie nannte das Kind „Juda“, was „Lobpreis“ bedeutet. Und auch Jesus kam aus dem Stamm Juda.

Solange Lea nur nach ihrer eigenen Erfüllung trachtete, widerfuhr ihr nur Kummer und Schmerz. Doch als sie eine Anbeterin Gottes wurde, erlebte sie den Inbegriff der Erfüllung eines Menschenlebens: *Sie fing an, Gott zu gefallen.*

Genau an diesem Punkt ändert sich die menschliche Seele und betritt den Ort der Bewahrung. Als Lea ihre Erfüllung in Gott fand, nahm er ihr alle Eifersucht, Unsicherheit und Pein weg, die sie auf ihrem Lebensweg ständig begleitet hatten. In ihr keimte echte innere Schönheit auf; sie wurde eine Frau, die zur Ruhe gekommen ist.

In vergleichbarer Weise haben auch wir Charakterfehler, mit denen wir uns nicht konfrontieren wollen oder können. Andere kennen diese Dinge an uns, haben jedoch nicht den Mut, es uns zu sagen. Körperliche wie auch charakterliche Mäkel verunsichern uns und geben uns das Gefühl, bedroht oder unerfüllt zu sein.

In diesem Fall brauchen wir weder Seelsorge noch Seminare zum Thema „Wie werde ich erfolgreich“; wir müssen einfach nur entdecken, wie sehr Gott uns liebt. Sobald wir anfangen, ihn in allen Lebenslagen zu preisen, ziehen wir gleichzeitig auch die Kleider des Heils an und werden im Endeffekt sogar von den Dingen *heil*, die uns sonst zugrundegerichtet hätten! Enttäuschungen und Kummer können uns nicht mehr anhaften, weil wir Anbeter Gottes sind! Und Gott läßt denen, die ihn *lieben*, alle Dinge zum Guten mitwirken. Wenn wir dran bleiben und Gott weiterlieben, kann nichts, was uns widerfährt, letztendlich zu unserem Schaden sein!

Der Baum des Lebens

Wir zitierten bereits den Vers: **„Hingezogene Hoffnung macht das Herz krank ...“** (Spr 13,12). Doch der Vers geht noch weiter: **„... aber ein eingetroffener Wunsch ist ein Baum des**

Lebens.“ *Indem unsere Wünsche erfüllt werden, werden auch wir erfüllt.* Da uns die Erfüllung unserer Wünsche innere Zufriedenheit schenkt, eröffnet sich uns das Geheimnis eines erfüllten Lebens, indem wir Gott unsere Wünsche geben. Möge er bestimmen, wann und wie wir erfüllt werden, und gestatten wir ihm doch, uns mittels dieses Prozesses auf sich vorzubereiten. Ist es nicht so: Uns selbst überlassen, sind wir unvollständig; doch in Christus sind wir zur Fülle gebracht worden (Kol 2,10).

Sie erwidern vielleicht: *„Sie können so etwas leicht sagen. Sie haben eine großartige Frau und eine tolle Familie. Sie sind gesegnet. Sie verstehen meine Probleme überhaupt nicht.“* O doch! In den ersten Jahren war meine großartige Ehe sehr schwierig. Wir hatten mit vielen Dingen in unserer Beziehung zu kämpfen. Meine Frau und ich kamen beide an den Punkt, an dem wir durch den anderen keine Erfüllung mehr fanden. Doch wie Lea schauten wir in dieser Situation auf Gott und sagten: **„Diesmal will ich den Herrn preisen.“** Ja, wir nannten sogar unser zweites Kind wie Lea ihr viertes – Juda.

Uns erging es wie ihr: Unser Leben erfuhr eine Richtungsänderung, als wir uns dazu entschlossen, unsere Lust am Herrn zu haben, *obwohl die Suche nach Erfüllung beim anderen gescheitert war.* Als wir seine Anbeter wurden, begann er, an unseren Herzen zu arbeiten, bis wir nicht nur ihm wohlgefälliger waren, sondern auch einander! Was ich Ihnen hier erzähle, hat unsere Ehe gerettet und gesegnet!

In Psalm 37,4 heißt es: **„Habe deine Lust am Herrn, so wird er dir geben, was dein Herz begehrt.“** Wenn Sie Ihre Lust am Herrn haben, werden Sie an sich Veränderung erleben. Die negativen Auswirkungen von Enttäuschung und Trübsal fallen von Ihnen ab. Indem die Liebe und Freude vom Herrn uns mehr und mehr erfüllen, wird unsere Seele wiederhergestellt und schön gemacht. Ja, haben Sie Ihre Lust an Jesus, und Ihre selbstzerstörerischen Tendenzen werden allmählich verschwinden. Christus wird Ihr Leben von innen nach außen schön machen.

Was am Ende von Leas Leben stand

Wie ging es mit Lea weiter? Die Jahre kamen und gingen. Im Lauf der Zeit starb zunächst Rahel und dann Lea. Jakob sagte auf seinem Totenbett zu seinen Söhnen: **„Bin ich versammelt zu meinem Volk, dann begrabt mich bei meinen Vätern in der Höhle, die Abraham ... zum Erbbegräbnis ... gekauft hat. Dort haben sie Abraham begraben und seine Frau Sara; dort haben sie Isaak begraben und seine Frau Rebekka; und dort habe ich Lea begraben“** (1 Mose 49,29-31).

Jakob hatte *Lea* an der Ehrengrabstätte seiner Vorfahren beerdigt! So wenige Worte können oft so viel sagen! Sie sagen uns, daß Gott diese ungeliebte Frau mit Heil krönte. Nachdem Lea Erfüllung am Herzen Gottes gefunden hatte, schenkte dieser ihr das Herz ihres Mannes. Über die Jahre strahlten Leas göttlicher, innerer Friede und die Schönheit ihres Geistes immer stärker. Jakob war in Liebe mit ihr verbunden. Man kann sich gut vorstellen, daß Lea mit einem Lächeln und dem Lobpreis Gottes auf ihren Lippen starb.

Werden Sie ein Anbeter Gottes! Wenn Sie ihm Ihre Wünsche ausliefern, wenn Sie ihn an die erste Stelle setzen, wird er alles, was Sie ihm geben, nehmen und es im Lauf der Zeit schön machen. Er wird alles Krumme und Unausgeglichene in Ihnen wegnehmen und Sie in seinem Licht und seiner Herrlichkeit aufrecht stehen lassen.

Sprechen Sie deshalb noch heute zu Ihrer Seele. Sagen Sie zu den noch unerfüllten Lebensbereichen, *daß Sie diesmal den Herrn preisen werden.*

Herr, ich bin eine Lea. Ich bin wenig attraktiv und sehne mich immer nach der Liebe derer, die mich abgelehnt haben. Wie dumm und blind ich doch gewesen bin. Denn fern von dir gibt es in diesem Leben keine Liebe und keine Erfüllung. Du bist der Baum des Lebens, der alle Wünsche erfüllt; du heilst mein Herz. Ich liebe dich, Herr Jesus.

Die Burg des Bedrückten

So ist denn der Herr eine Burg den Bedrückten, eine Burg für die Zeiten der Drangsal. Drum vertrauen auf dich, die deinen Namen kennen; denn du läßt nicht von denen, die dich, Herr, suchen.

– Psalm 9,10-11 (Menge) –

13

Ein dankbares Herz

Ob es Ihnen gefällt oder nicht, Ihre Lebensqualität hängt davon ab, inwieweit Sie dem Herrn dankbar sind. Unsere Herzenshaltung bestimmt darüber, ob unser Leben voller Segen oder voller Elend und Not ist. Man kann allen Dingen zwei Seiten abgewinnen: Jemand sieht eine Rose und klagt als erstes über die Dornen; ein anderer freut sich darüber, daß an manchen Dornbüschen sogar Rosen blühen! Es kommt eben auf den Blickwinkel an.

Dieses Leben steht vor der Ewigkeit – es ist Ihr Leben und Sie werden kein zweites bekommen. Wenn Sie Freude haben wollen, müssen Sie zunächst Dankbarkeit lernen. Wer auch für die kleinen Dinge dankbar ist, steht auf der Sonnenseite des Lebens. Doch wer nichts und niemanden schätzt, wird sich sein Leben lang nur beklagen und elend fühlen und vor dem Ort der Bewahrung stehenbleiben.

Unser vielleicht schlimmster Feind ist nicht der Teufel, sondern unsere eigene Zunge. Jakobus sagt: **„Die Zunge zeigt sich unter unseren Gliedern als diejenige, die den ganzen Leib befleckt und den Lauf des Daseins entzündet ...“** (Jak 3,6). Weiter sagt er, dieses Feuer werde von der Hölle entzündet. Denken Sie darüber nach: Mit unseren Worten können wir den Himmel öffnen oder der Pein der Hölle Raum schaffen!

Die Hölle mit ihren Strafen, Qualen und ihrem Elend bestimmt das Leben eines jeden, der permanent klagt und murrt! Paulus vertieft diesen Gedanken in 1. Korinther 10,10, wo er uns an die Juden erinnert, von denen **„einige ... murrten und von dem Verderber umgebracht wurden“**. Es ist einfach so: In dem Maße, wie wir uns dem Murren und Klagen hingeben, verschlechtert sich unsere Lebensqualität, weil uns dann nämlich ein *Verderber* den Ruin bringt!

Die Leute fragen mich oft: „Welcher Dämon herrscht über unsere Gemeinde oder Stadt?“ und erwarten dann, daß ich ihnen den alten aramäischen oder phönizischen Namen eines gefallenen Engels nenne. Doch meistens antworte ich viel praxisbezogener: ***Undankbarkeit*** ist eine der stärksten Kräfte, die sich negativ auf unsere Nation auswirken!

Unterschätzen Sie die Kraft und Verschlagenheit dieses Feindes nicht! Paulus sagte, die Juden, die in schwierigen Lebensumständen murrten und klagen, seien „von dem Verderber umgebracht" worden. Wer war dieser *Verderber*? Wenn Sie unbedingt den Namen eines *„Weltbeherrschers"* hören wollen: Einer der mächtigsten Geister, die in der Bibel erwähnt werden, ist Abaddon (griech.: *Apollyon*), das heißt „Verderber" (Offb 9,11). Paulus zufolge waren jene Juden von diesem Geist umgebracht worden. Mit anderen Worten: *Wenn wir uns beklagen oder undankbar sind, öffnen wir dem Verderber Abaddon, dem Dämonenkönig über den Abgrund der Hölle, Tür und Tor!*

In der Gegenwart Gottes

In unserer Nation gibt es inzwischen unzählige „Leid- und Elendsexperten". Sie sind Spezialisten, moralische Buchhalter, die wie aus der Pistole geschossen aufzählen können, was die Gesellschaft ihnen oder ihrer Gruppierung schon alles angetan hat. Ich habe noch nie so jemanden getroffen, der glücklich, gesegnet oder mit irgendetwas zufrieden gewesen wäre. Sie erwarten, daß eine fehlerhafte Welt sie fehlerfrei behandelt.

Ja, es *gibt* Menschen in diesem verletzten Land, die unserer besonderen Aufmerksamkeit bedürfen. Doch die meisten von uns müssen schlicht und einfach über ihre Undankbarkeit Buße tun, denn die Undankbarkeit ist es, die die Wunden immer weiterbluten läßt! Für jeden Fehler, jede schlechte Behandlung in der Vergangenheit müssen wir Vergebung aussprechen und anfangen, für das, was wir jetzt haben, dankbar zu sein.

Sobald wir beginnen, dankbar zu sein, treten wir geistlich gesehen in die Gegenwart Gottes ein. Der Psalmist sagt:

> **„Dient dem Herrn mit Freuden! Kommt vor sein Angesicht mit Jubel! Zieht ein in seine Tore mit** *Dank*, in seine Vorhöfe mit Lobgesang! Preist ihn, *dankt* seinem Namen! Denn gut ist der Herr. Seine Gnade ist ewig und seine Treue von Geschlecht zu Geschlecht." (Ps 100,2.4-5)

Sobald Sie beginnen, Gott ungeachtet Ihrer Lebensumstände zu danken (auch wenn Ihre Situation nach wie vor unverändert ist), verändert sich etwas in *Ihnen.* Ein dankbares Herz ist der Schlüssel zu den Toren des Himmels; sobald Sie einfach nur anfangen, den Herrn zu preisen, bekommen Sie Zutritt zum Königshof Gottes.

Ein dankbarer Mensch ist ein demütiger Mensch

Wenn Sie meinen, Sie kennen Gott, führen Ihr Leben aber nicht mit einem dankbaren Herzen, dann ist es fraglich, ob Sie ihn überhaupt kennen. Ein dankbares Herz ehrt Gott. Wenn wir sagen, wir „kennen Gott", meinen wir im Grunde oft nichts anderes, als daß wir Wahrheiten *über* Gott kennen. Deshalb sollten wir uns fragen: *„Kennen wir Gott wirklich?"*

Paulus warnt vor der irrigen Ansicht, Lehren und Aussagen über Gott zu kennen reiche aus, um ewiges Leben zu bekommen. Er sagt:

> **„Denn sein unsichtbares Wesen, das ist seine ewige Kraft und Gottheit, wird seit Erschaffung der Welt an den Werken durch Nachdenken wahrgenommen, so daß sie keine Entschuldigung haben. Denn obschon sie Gott erkannten, haben sie ihn doch nicht als Gott gepriesen und ihm nicht gedankt, sondern sind in ihren Gedanken in eitlen Wahn verfallen, und ihr unverständiges Herz wurde verfinstert."** (Röm 1,20-21; Schlachter)

Wenn wir, obwohl wir Gott kennen, ihn nicht *als Gott* ehren und ihm nicht dafür danken, daß er in unserem Leben herrscht, werden unsere Gedanken töricht und unser Herz finster. Wenn wir mit dieser undankbaren Grundeinstellung leben, ist jedes unserer Worte ein Funke aus der Hölle, der unsere Freude und Hoffnung in dieser Welt verzehren soll.

H. W. Beecher sagte: *„Der Stolz tötet die Danksagung ... ein stolzer Mensch ist selten ein dankbarer Mensch, da er der Meinung ist, er bekomme nie so viel, wie er eigentlich verdient hätte ..."* Wir sollten froh und dankbar sein, daß wir *nicht* bekommen, was wir verdient haben, denn jeder von uns hat die Hölle verdient! Wenn Sie im Leben mit Widrigkeiten oder kleinen Unannehmlichkeiten konfrontiert werden, sollten Sie dankbar sein, daß Ihnen nicht zuteil wird, was Sie eigentlich verdient hätten!

Gottes Plan läßt nun mal Raum für Probleme, um uns dadurch zu lehren, uns „allezeit zu freuen, unablässig zu beten und in allem Dank zu sagen“ (vgl. 1 Thess 5,16-17). Der Bibel zufolge ist diese Grundhaltung **„... der Wille Gottes in Christus Jesus für euch“** (1 Thess 5,18). Sind die kleinen Unannehmlichkeiten der Wille Gottes für uns? Nein, es ist Gottes Wille, daß wir uns trotz der Schwierigkeiten *freuen* und in Krisenzeiten *dankbar* bleiben.

Offensichtlich will der Herr nicht, daß wir das Handtuch werfen und uns geschlagen geben, denn er möchte ja, daß wir „unablässig“ beten. Er sagte nicht: „Nehmt die Schwierigkeiten an.“ Vielmehr sagte er: „Betet weiter, freut euch weiterhin allezeit und sagt weiterhin Dank.“ Wenn Sie dieser Aufforderung folgen, werden Sie den Sieg über Ihre Lebensumstände davontragen!

Genau so ging es mir in einer sehr schweren Zeit am Anfang meines Dienstes. Ich kämpfte gegen Armut und Entmutigung und rang um Gemeindewachstum. Ich wußte, daß ich am Scheideweg stand. Doch so lange ich der Auffassung war, ich hätte mehr verdient, konnte ich dem Herrn für das, was er mir gegeben hatte, nicht danken.

Wenn Gott uns weniger gibt, als wir uns wünschen, dann nicht deshalb, weil er uns eine Unterweisung in Armut geben möchte, sondern weil er uns Dankbarkeit beibringen will. *Nicht das, was wir anhäufen, sondern was wir genießen ist Grundlage des Lebens – des wirklichen Lebens.* In den besagten Lebensumständen hatte Gott mir viel gegeben, worüber ich glücklich hätte sein können; aber ich hatte keinen Blick dafür, weil meine Herzenshaltung falsch war. Sobald ich Buße getan hatte und anfing, die Gemeinde, die er mir gegeben hatte, zu genießen, veränderte sich mein Leben.

Gott möchte, daß wir auch in den handfesten Dingen des Lebens gesegnet sind, wachsen und gedeihen. Doch wie sollen wir all das wertschätzen, was er uns schon gegeben hat, solange wir uns auf eine falsche Fährte locken lassen und uns permanent mit anderen Gemeinden oder Menschen vergleichen? Wir müssen einfach dankbar sein.

Jemand sagte einmal: *„Wenn ich einen Armen sehe, der dankbar ist, dann weiß ich, daß er als Reicher großzügig wäre."* Die Geisteshaltung der Dankbarkeit ist mit der Geisteshaltung der Großzügigkeit verwandt, denn beide schätzen und empfangen die Reichtümer Gottes. Wenn wir für wenig dankbar sind, kann Gott uns viel anvertrauen.

„Aus Zion ist Gott hervorgestrahlt"

„Gott, der Herr, hat geredet und die Erde gerufen, vom Aufgang der Sonne bis zu ihrem Niedergang. Aus Zion, der Schönheit Vollendung, ist Gott hervorgestrahlt" (Ps 50,1-2). Gott strahlt aus Zion hervor. Der Gott, der seine Schöpfung mit seiner Gegenwart schmückt, ruft sein Volk auf, einen Bund mit ihm zu schließen. Um sein Volk immer herrlicher zu machen, spricht Gott: **„Holt mir die Meinen zusammen ... sie haben einen Bund mit mir geschlossen und sich verpflichtet, mir zu gehorchen; mit einem Opfer haben sie den Bund besiegelt"** (Ps 50,5; Gute Nachricht).

Mit jemandem einen Bund schließen heißt, sich feierlich aneinander zu binden und miteinander eins werden. Wir hielten bereits fest, daß ein Bund mehr ist als ein Versprechen; ein Bund ist die Verpflichtung zweier Partner, als Einheit zu leben. Und die Einheit, die Gott mit uns haben möchte, wird als *„Opferbund"* bezeichnet.

Dieser Bund ist keine ritualisierte Form der Anbetung; er erschöpft sich auch nicht in der alttestamentlichen Opferung von Böcken und Stieren. Er übersteigt zeitliche Kategorien und menschliche Methoden und streckt sich nach jeder Seele aus, die sich nach dem lebendigen Gott sehnt. Es ist ein Bund der Dankbarkeit. Der Herr sagt:

> **„Ich kenne alle Vögel der Berge, und was sich tummelt im Feld, ist mir bekannt ... Opfere Gott Dank, und erfülle dem Höchsten deine Gelübde ... Wer Dank opfert, verherrlicht mich und bahnt einen Weg; ihn werde ich das Heil Gottes sehen lassen."** (Ps 50,11.14.23)

Die Bedingungen des Bundes sind ganz einfach: Wir verpflichten uns dazu, Gott zu danken und ihn in allen Lebenssituationen zu ehren; er verpflichtet sich dazu, aus unserem Leben in vollendeter Schönheit hervorzustrahlen. Danksagung ist ein *Opfer*, denn sie hat ihren Preis. Welchen Preis? Wir loben ihn, auch wenn wir verletzt sind und Schmerz empfinden. Doch dies ist Teil unserer Heilung und der Anfang unseres Heils.

Fangen Sie an, ihm zu danken. Zählen Sie die Dinge auf, die er Ihnen geschenkt hat, und fangen Sie mit dem Segen an, daß er Ihnen überhaupt Leben gegeben hat. Wir ehren ihn, indem wir ihm danken.

Heute ruft Gott sein Volk auf, einen Bund mit ihm zu schließen, einen Bund, in dem wir uns verpflichten, voller Dankbarkeit zu leben, und in dem er sich verpflichtet, sein Leben aus uns herausstrahlen zu lassen. Dieser Bund der Danksagung ist der Riegel, der das Einfallstor für dämonische Einflüsse im Leben eines Menschen versperrt; er ist ein herrliches Tor zum Ort der Bewahrung.

Lieber Herr, vergib mir, daß ich mich andauernd über alles beklage. Hilf mir, dir in allen Dingen ein Lobopfer zu bringen. Herr, ich komme hier und heute zu dir, um einen Bund mit dir zu schließen. Durch deine Gnade werde ich dankbar sein, ungeachtet dessen, wie mein Leben läuft. O Gott, denke an deine Verpflichtung im Rahmen dieses Bundes und ziehe mich an dein Herz. Im Namen Jesu. Amen.

Ein fester Turm!

Ein fester Turm ist der Name des Herrn; zu ihm läuft der Gerechte und ist in Sicherheit.

– Sprüche 18,10 –

14

Das Tal der Fruchtbarkeit

Die Schlachten, denen wir uns stellen müssen, sind oft sehr intensive Zeiten der Schwachheit, der Verzweiflung und Verwirrung. Würde man unser Leben in Form einer Kurve graphisch darstellen, wären diese Zeiten die tiefsten Punkte. Doch Gott ist in solchen Zeiten genauso bei uns wie sonst auch. Ja, diese Täler gehören oft genauso zum Plan Gottes wie die Gipfelpunkte.

Es gibt eine biblische Geschichte, die diese Wahrheit sehr anschaulich bestätigt. Israel hatte eben erst die Aramäer in einem Kampf in den Bergen geschlagen. Wir lesen in 1. Könige 20:

> **„Da trat der Prophet zum König von Israel und sagte zu ihm: Wohlan, zeige dich mutig und erkenne und sieh zu, was du jetzt tun mußt! Denn bei der Wiederkehr des Jahres wird der König von Aram erneut gegen dich heraufziehen. Und die Knechte des Königs von Aram sagten zu ihm: Ihre Götter sind Berggötter, darum waren sie uns überlegen. Laßt uns jedoch in der Ebene mit ihnen kämpfen, dann wird es sich zeigen, ob wir ihnen nicht überlegen sein werden!“** (1 Kön 20,22-23)

Der Feind sagte, der Gott Israels sei ein Berggott, doch wenn sie in der Ebene gegen die Juden kämpften, würden sie sie besiegen.

In Vers 28 heißt es dann:

> **„Da trat der Mann Gottes herzu und sprach zum König von Israel und sagte: So spricht der Herr: Weil die Aramäer gesagt haben: Der Herr ist ein Gott der Berge, aber ein Gott der Täler ist er nicht! – darum will ich diese ganze gewaltige Menge in deine Hand geben; und ihr werdet erkennen, daß ich der Herr bin.“** (1 Kön 20,28)

Was uns der Feind einreden will, ist unwichtig: Christus ist Gott der Berge *und* Gott der Täler. Nur weil Sie gerade durch ein Tal wandern, ist er immer noch Gott. Er ist der Gott der Herrlichkeit, wie man an seiner Macht und seinen Wundern sieht. Und in den Tälern offenbart er sich als treuer Gott, der uns in unseren Schwierigkeiten und unserer Not loyal zur Seite steht. In allen Dingen und durch alle Dinge ist er unser Gott.

Wenn wir in unserem Leben als Christ obenauf sind, also „auf dem Berg" stehen, sehen wir sehr deutlich, was die Zukunft bringen wird. Wir haben eine „Sicht" und Zuversicht. Doch wenn wir eines der Täler durchqueren, die das Leben mit sich bringt, wird unser Blick eingeengt und unsere Zukunft scheint verborgen. Doch die Täler gehören zu den fruchtbarsten Gegenden der Erde. *In den Tälern wächst Frucht*. Sie können davon ausgehen, daß Sie in den Tälern eine gute, reiche Ernte einholen werden, da Gott Ihnen dort beisteht.

Gebahnte Wege

„Glücklich ist der Mensch, dessen Stärke in dir ist, in dessen Herz gebahnte Wege sind! Sie gehen durch das Tränental und machen es zu einem Quellort" (Ps 84,5-6). Jeder von uns geht einmal durch ein „Tränental"; jeder von uns erlebt Zeiten, in denen sein Herz niedergeschlagen ist und seine Hoffnungen schwinden. Doch Gott hat in unseren Herzen einen Weg gebahnt: Wir *durchwandern* die Täler, wir leben nicht in ihnen.

„Sie gehen durch das Tränental ..." Unser Erlöser macht aus diesem Tal einen **„Quellort"**. Alles, was uns zermürbte und auslaugte, wird uns zur gegebenen Zeit mit neuem Leben erfüllen. Der Herr ist immer unser Gott, gleichgültig, ob wir am Gipfel unseres Erfolgs stehen und vor Kraft strotzen oder durch ein Tal der Schwachheit und Verzweiflung wandern.

Hat Sie der Feind isoliert und an den Punkt gebracht, an dem Sie an der Liebe Gottes zweifeln? Vergessen Sie nie, daß Christus für uns starb, als wir noch Sünder waren. Sogar die Haare auf Ihrem Kopf sind gezählt. Er kümmert sich um uns. Seine Liebe zu uns bahnt den Ausweg aus Schwierigkeiten und wandelt nicht nur das, was uns schaden sollte, in Segen um, sondern lehrt uns auch, wie wir andere aus dem Tal herausführen können.

Wie wurde Jesus auf seinen Dienst voller Zeichen und Wunder vorbereitet? Leiden war Teil seines Trainings. Christus war ein Mann der Schmerzen; Kummer und Schmerz waren ihm nicht fremd. Doch gerade durch dieses Leiden versetzte ihn der

Vater in die Lage, die tatsächlichen, durch menschlichen Mangel und Schmerz hervorgerufenen Gefühle nachvollziehen und nachempfinden zu können. Weil er litt, wie wir leiden, ist er nun in der Lage, als treuer Hohepriester zu dienen. Wenn wir dem Plan Gottes, nämlich daß Christus in uns Gestalt annehmen soll, zustimmen, wird Gott uns mit Hilfe unseres Kummers und Schmerzes lehren, so zu fühlen, wie andere fühlen; wir werden gesalbt werden, um andere zu befreien.

Denken Sie nur an Joseph. Er war der zweitjüngste Sohn Jakobs und Liebling seines Vaters. Sein Leben mit Gott begann mit Träumen und Visionen. Das Leben Josephs steht für das Leben vieler Christen, die einen echten Ruf von Gott haben. Auch unser Wandel mit Gott begann vielleicht mit einer Art „Vorschau" in Form von Träumen und Visionen, in denen er uns vor Augen malte, wo wir hinkommen sollen und wollen. Es ist jedoch nicht ersichtlich, *wie* seine Verheißungen in unserem Leben Wirklichkeit werden sollen.

Wie der Plan Gottes nach außen in die Tat umgesetzt werden wird, ist sekundär; wichtig ist, wie unser Charakter und unsere Beziehung zu Gott durch diesen Prozeß verändert werden. Je früher sich in uns ein Charakter formt, der Prüfungen standhält, desto früher werden wir auch die Erfüllung der anderen Verheißungen Gottes erleben.

Joseph wurde von seinen Brüdern verraten und dem Tod ausgeliefert. Als Potifars Frau ihn verführen wollte, wurde er zu Unrecht angeklagt. Er kam ins Gefängnis und wurde von allen vergessen; nur Gott vergaß ihn nicht, sondern beobachtete ihn geduldig und registrierte genau, wie Joseph auf Schwierigkeiten reagierte.

Joseph diente Gott in Reichtum und Armut, in Glück und in Leid. Immer wieder wurde er geprüft und immer wieder bestand er die Prüfungen. Joseph wurde von Menschen angeklagt, aber von Gott für unschuldig befunden.

Doch auf einmal band Gott all die losen Enden im Leben Josephs zum richtigen Zeitpunkt zu einem Knoten zusammen. Was Joseph widerfahren war, wäre uns grausam und unfair erschienen, hätte Gott nicht durch diese Situationen einen Mann formen wollen, mit dem er etwas vorhatte. Um seine zukünftigen Pläne mit uns umsetzen zu können (die wir jedoch jetzt noch nicht erkennen), macht Gott sich *alles* zunutze, was wir durchleben. Im Tal haben wir keinen Blick für seinen letztendlichen Plan; wir müssen uns an die Vision *erinnern* und den Glauben an das Verheißene festhalten.

So wie Gott es zuließ, daß Joseph viele Prüfungen bestehen mußte, läßt er auch zu, daß wir schwere Konflikte durchstehen müssen. Denn er weiß, daß unser Leben – ja, alles, was durch seine Gnade aus uns geworden ist – anderen helfen wird, den Ort der Bewahrung in ihrem Leben zu finden.

„Und Joseph gab dem Erstgeborenen den Namen Manasse: Denn Gott hat mich vergessen lassen all meine Mühe und das ganze Haus meines Vaters“ (1 Mose 41,51). Gott ließ Joseph die Schwierigkeiten und das Leid, das er erlebt hatte, vergessen. Es ist schon wunderbar, wie Gott letztlich alle Dinge zu unserem Besten wendet: Mit Jesus in unserem Leben kommt am Ende eine Zeit, in der Gott uns alle Schwierigkeiten der Vergangenheit vergessen läßt.

„Und dem zweiten gab er den Namen Ephraim: Denn Gott hat mich fruchtbar gemacht im Land meines Elends“ (1 Mose 41,52). Gott machte ihn durch und inmitten der Dinge, die ihm schwer zu schaffen machten, fruchtbar. Im Land Ihres Elends, in Ihrem Kampf wird Gott Sie fruchtbar machen. Überlegen Sie, in welchem Bereich Sie gerade jetzt am meisten Not und Bedrängnis erleben. In *genau diesem* Bereich wird Gott Sie fruchtbar machen und zwar in einer Art und Weise, daß Ihr Herz voll und ganz zufrieden sein und Gott allein die Ehre bekommen wird.

Durch das, was sich durch diese Prozesse dauerhaft in Ihnen festigt, wird der Herr letzlich viele andere Menschen anrühren. Inmitten einer oberflächlichen Welt wird Christus etwas in Ihnen hervorbringen, das tief verwurzelt und lebendig ist.

Gott hat nicht verheißen, uns Täler oder Leid zu ersparen, sondern uns durch die Dinge fruchtbar zu machen, die uns eigentlich zerstören sollten. Jeder von uns wird Täler durchwandern müssen, um seine gottgewollte Bestimmung zu erreichen. Wenn wir uns in diesen Zeiten ihm unterordnen, wird der lebendige Christus im Lauf der Zeit kraftvoll in uns Gestalt gewinnen. Die Prüfungen und Versuchungen haben zur Folge, daß der echte Jesus in unserem Geist groß und in unserem täglichen Leben erkennbar wird. Er möchte *Ihr Leben* zu einem Schlüssel machen, der anderen Menschen den Zugang zum Ort der Bewahrung aufschließt.

Herr, du bist der Gott der Berge und der Täler. Ich weiß, daß deine Treue mein Schild und meine Festung ist. Danke, daß du die Konfliktsituationen meines Lebens letzlich zum Guten wenden wirst; ich preise dich dafür, daß du mich heilst und alle traumatischen Erlebnisse der Vergangenheit vergessen läßt.

Und Herr, hilf mir, nie zu vergessen, was ich in diesen Zeiten gelernt haben. Erinnere mich daran, daß die Krisen mein Leben letztlich immer reicher gemacht haben. Hilf mir zu erkennen, daß das Land meines Elends gleichzeitig der Ort der Fruchtbarkeit ist. Im Namen Jesu. Amen.

Keine Waffe, wider dich geschmiedet, hat Glück

Auf Heil wirst du dich gründen. Ferne wirst du sein von Drangsal, denn du hast nichts zu fürchten, und fern von Schrecken, denn er wird dir nicht nahen.

Wenn man Streit anhebt, er kommt nicht von mir; wer mit dir streitet, der fällt im Kampfe wider dich. Siehe, ich habe den Schmied geschaffen, der ins Kohlenfeuer bläst und eine Waffe hervorbringt nach seiner Kunst; ich habe auch den Zerstörer geschaffen, um zu verderben.

Keine Waffe, wider dich geschmiedet, hat Glück, und jede Zunge, die wider dich klagt im Gerichte, überführst du des Unrechts. Dies ist das Erbe der Knechte des Herrn und ihr Heil von mir, spricht der Herr.

– Jesaja 54,14-17; ZÜ –

15

Ein vergebungsbereites Herz

Wenn dieses Zeitalter zu Ende geht, werden sich auf Erden zwei Gruppierungen gegenüberstehen: Jene, in deren Herzen Bitterkeit, Groll und Haß wohnen, und jene, deren Liebe sogar noch zugenommen hat und die in den Genuß der Kraft des Reiches Gottes kommen. Jesus sagte dieses Szenario in Matthäus 24 voraus: **„Und dann werden viele verleitet werden und werden einander überliefern und einander hassen ... und weil die Gesetzlosigkeit** (Ungerechtigkeit) **überhand nimmt, wird die Liebe der meisten erkalten“** (Mt 24,10-12). Doch dann fügte er hinzu: **„Und dieses Evangelium des Reiches wird gepredigt werden auf dem ganzen Erdkreis, allen Nationen zu einem Zeugnis, und dann wird das Ende kommen“** (Mt 24,14).

Was ist das „Evangelium des Reiches“? Es ist die ganze Wahrheit, die Jesus den Menschen brachte, nicht nur die Wahrheit, die uns von unseren Sünden errettet, sondern auch die Wahrheit, die uns ihm immer ähnlicher macht. Es ist das volle Evangelium mit all seinen Anforderungen und all seinem Lohn, der volle Preis für die Vollmacht, die wertvollste Perle, die ein Mensch besitzen kann – die Gegenwart Gottes, die in Herrlichkeit in und unter uns offenbar wird.

Wenn wir nun diese große Liebe bekommen wollen, werden wir fortwährend gezwungen sein, uns zu entscheiden, ob wir barmherzig und vergebungsbereit sein wollen oder nicht. Wenn Vergebung keine Herzenshaltung wird, werden wir unweigerlich von einem Geist der Bitterkeit geknechtet werden. Wenn es wirklich Gottes Plan ist, Bosheit und Heiligkeit nebeneinander zur vollen Blüte heranwachsen zu lassen, müssen wir uns schon im voraus davor hüten, Bitterkeit und mangelnde Vergebungsbereitschaft in unseren Herzen zu hegen (zumal diese Haltungen unsere Reaktionen bestimmen). Aufgrund der überhandnehmenden Gesetzlosigkeit werden wir zweifellos immer wieder in die Gefahr geraten, unsere Liebe zu verlieren.

Doch weil wir in dieser grausamen Welt immer wieder um das nackte Überleben kämpfen, ziehen wir uns oft zurück, bunkern unsere Liebe ein und meiden es, uns verletzbar zu machen. Aber wir können nicht einerseits „vorsichtig" lieben oder nur bestimmte Menschen lieben und andererseits in der Vollmacht des Reiches Gottes wandeln. Als Gegenreaktion auf Verletzungen umgeben wir unsere Liebe oft unbewußt mit einem Schutzpanzer, weil sie uns verletzbar macht. Doch Gott möchte, daß die Liebe seines Volkes glüht und nicht erkaltet.

Jesus sagte nicht, wir müßten unseren Feinden *vertrauen*; vielmehr trug er uns auf, sie zu *lieben*. Warum? Nun, Gott bewahrt uns unter anderem deshalb nicht vor schwierigen Situationen, weil er uns prüfen will. Er möchte sehen, ob unser Christenleben nur eine Sache des Kopfes ist oder ob die Nachfolge Christi wirklich die brennendste Leidenschaft unseres Herzens ist. Aus diesem Grund sagt er uns: **„Ich aber sage euch: Liebt eure Feinde, und betet für die, die euch verfolgen ..."** (Mt 5,44).

Einige von Ihnen wurden abgelehnt und verraten, doch der Herr sagt zu Ihnen, daß Sie nicht versagt haben. Sie haben weitergeliebt. Obwohl Ihnen großes Leid widerfahren ist, haben Sie denen, die Sie verletzt haben, immer wieder vergeben. Sie haben die Prüfung bestanden.

Im Leben einiger Christen gibt es immer noch bestimmte Personen, denen sie nicht vergeben haben und die sie nicht lieben. Vielleicht haben Sie recht: Sie haben Ihre Vergebung gar nicht verdient! Doch vermutlich fällt Ihnen dabei nicht auf, welche Konsequenzen Ihr Groll hat.

Solange Sie sich weigern zu vergeben, bleibt ein Teil von Ihnen permanent an die Vergangenheit gefesselt – Sie werden ununterbrochen an Ihren Schmerz erinnert. Erst wenn Sie vergeben haben, werden Sie voll und ganz frei sein und im Leben vorwärtsgehen können. Sogar die Jahreszeit, in der Sie verletzt wurden, kann Sie in Depression stürzen!

Wir können nur dann echte Gemeinschaft mit Gott haben, wenn wir im „Hier" und „Jetzt" leben. Doch wenn Sie gedankliche Kämpfe mit anderen Menschen ausfechten, leben Sie weder im „Hier" noch im „Jetzt". Wenn Sie in der Vergangenheit leben, sind Sie von Gott abgeschnitten. Was Ihnen die anderen

Menschen angetan haben, ist vorbei – aus und erledigt; es hat kein wirkliches Eigenleben, keine Existenzberechtigung mehr *außer in Ihrem Kopf*!

Dort, tief in Ihnen, lebt das, was Ihnen widerfuhr, weiter; und solange es weiterlebt, wird es Sie auch weiterhin verletzen, auch wenn der Übeltäter vielleicht schon längst tot ist. Ihm kann man die Schuld nicht in die Schuhe schieben, da *Sie selbst* Ihre Wunden nicht verheilen lassen!

Dieser Zustand wirkt sich nicht nur negativ auf Ihr geistliches Leben aus, sondern auch auf Ihr körperliches Wohlbefinden. Solange Sie demjenigen, der Ihnen etwas angetan hat, seine Tat anrechnen, werden Sie immer wieder Bauchschmerzen bekommen und innerlich aufgewühlt, wenn Sie nur an ihn denken. Auf diese Weise steht Ihr Körper permanent unter Streß.

Wenn Sie den Menschen, die Sie schlecht behandelt haben, nicht vergeben, verlieren Sie in einem gewissen Maße auch die Fähigkeit zu lieben. Ob die anderen Vergebung verdient haben oder nicht, ist zweitrangig – *Sie* haben ein besseres Leben verdient! Und Gott möchte Ihnen ein besseres Leben schenken. Aber dieses Leben in Fülle bleibt Ihnen vorenthalten, wenn Sie anderen nicht vergeben, weil der Schmerz der Vergangenheit Sie regelrecht festkettet und Sie von Ihrer eigenen mangelnden Vergebungsbereitschaft gepeinigt werden.

Wie kommen Sie aus diesem Gefängnis heraus? Wie finden Sie den Schutz, den Gott für Ihre Seele bereithält? Gott fordert Sie auf zu vergeben. Sie müssen erkennen, daß Gott sich inmitten Ihres Schmerzes nach Ihnen ausstreckt. Er will diesen Konflikt beenden und sich genau dieses spezielle Problem zunutze machen, um Ihren Charakter zu festigen und zu vervollkommnen. Er wird sich genau dieser Situation bedienen, um Sie Christus ähnlicher zu machen, und wer Christus immer ähnlicher wird, wohnt auch am Ort der Bewahrung.

Jedesmal, wenn Sie sagen: „*Vater, ich entscheide mich dafür zu lieben; ich entscheide mich dafür, zu vergeben und diesem Menschen nichts mehr vorzuwerfen*“, nehmen Sie das Wesen Christi an. Freuen Sie sich! Jesus wird auf diese Weise immer mehr Herr Ihres Herzens! Sie betreten den Ort der Bewahrung.

Meister, ich erkenne, daß deine Vergebung mir gegenüber das Vorbild für meine Vergebung anderen gegenüber ist. Herr, du hast den Pharisäern vergeben, die Lügen über dich verbreitet haben; du hast die Soldaten begnadigt, die dich verspottet und gekreuzigt haben; du hast deine Jünger ermutigt, sich keine Sorgen zu machen, obwohl du wußtest, daß sie dich verleugnen und verraten würden.

Doch du hast ihnen nicht nur vergeben – du bist für sie gestorben. Dein Herz wurde so weit wie das ganze Universum, und du hast uns alle eingeladen, uns mit Gott versöhnen zu lassen. Gib mir die Kraft zu vergeben und mein Leben für andere hinzugeben, und laß mich diese Liebe erkennen, die dich zu solchen gerechten Werken veranlaßt hat! Amen.

Denn wie er ist, sind auch wir

Geliebte, laßt uns einander lieben, denn die Liebe ist aus Gott; und jeder, der liebt, ist aus Gott geboren und erkennt Gott. Wer nicht liebt, hat Gott nicht erkannt, denn Gott ist Liebe.

Und wir haben erkannt und geglaubt die Liebe, die Gott zu uns hat. Gott ist Liebe, und wer in der Liebe bleibt, bleibt in Gott und Gott bleibt in ihm.

Hierin ist die Liebe bei uns vollendet worden, daß wir Freimütigkeit haben am Tag des Gerichts, denn wie er ist, sind auch wir in dieser Welt.

– 1. Johannes 4,7-8.16-17 –

16

Die Liebe ist Gottes „Konservierungsmittel“

Wir alle werden einmal vor Jesus Christus stehen und gezeigt bekommen, wie unser Leben wirklich war. Unser Leben auf Erden wird vor unseren Augen Revue passieren.

Jesus wird unser Leben nicht nur ganz allgemein bewerten, sondern auch ganz spezielle Dinge hervorheben, die wir getan haben. Er wird sich mit uns darüber freuen und sagen: **„Recht so!“** (vgl Mt 25,21) Vielleicht haben Sie einem verbitterten Menschen Freundlichkeit erwiesen und ihn dadurch wieder zu Gott zurückgeführt oder Ihre Angst überwunden und jemanden zu Christus geführt, den Gott anschließend dazu benutzte, tausende Seelen zu gewinnen.

In der lateinischen Bibelübersetzung wird der Ausdruck „Recht so!“ mit „Bravo!“ wiedergegeben. Wie würde es Ihnen gefallen, wenn Jesus das zu Ihnen sagen würde? Stellen Sie sich vor, wie er Ihnen die Hand um die Schulter legt und sagt: *„Bravo! Du warst nur ein ganz gewöhnlicher Mensch, aber du hast mir vertraut und es gelernt, andere furchtlos zu lieben. Sieh nur, wieviele Herzen wir gemeinsam angerührt haben!“* Christus so zu gefallen, daß er sich über das Leben, das wir ihm zu Füßen legen, freut – das sollte unser höchstes Ziel sein.

Weiterlieben, auch wenn der Druck wächst

Dafür müssen wir jedoch hier, in einer Welt voller Teufel, besessener Menschen und Konflikte aller Art, das Leben Christi finden. Jesus warnte uns ja vor der großen Trübsal und eine Bedeutungsnuance des Wortes „Trübsal“ ist „Druck“. Ist es in unserer Zeit etwa nicht so, daß der Streß und der Druck im Leben vieler Menschen stetig zunimmt? Dennoch hat Gott uns aufgerufen, die anderen Menschen trotz dieser Spannungen *überschwenglich* zu lieben. Wenn wir dem Streß unserer Zeit nicht die Liebe entgegensetzen, werden wir unter der Last der Unreinheit, der Kränkungen und Vergehen niederbrechen.

Ist Ihnen schon einmal aufgefallen, daß im Supermarkt manchmal eingebeulte Konservendosen zu Schleuderpreisen verkauft werden? Viele haben gar kein Etikett mehr und man bekommt schon mal ein halbes Dutzend für ein paar Mark. Wie kam es zu diesen Dellen? Da der atmosphärische Druck von außen höher war als der Innendruck der Konservendose, gab die Blechummantelung nach. Die Dose konnte dem Druck nicht standhalten.

Analog dazu brauchen wir eine aggressive Kraft, die aus unserem Innersten nach außen drängt und mindestens genauso groß ist wie der Druck, der uns von außen „eindellen" möchte. Die Liebe Gottes muß mit vollem Druck aus unserem Innersten hervorströmen und den Druck des Hasses und der Bitterkeit der Welt neutralisieren.

Die Liebe ist Gottes „Konservierungsmittel". Sie umhüllt unsere Seelen mit einer Macht, die größer ist als die Macht des Teufels und unserer Umwelt. Sie schafft den Ausgleich; sie schützt uns vor der Feindseligkeit unserer Umwelt. Die Liebe ist der Schutz des Allerhöchsten, die Quintessenz des Orts der Bewahrung.

Herr, vergib mir, daß ich nach einem anderen Schutz als der Liebe Ausschau gehalten habe. Ja, der Druck in meinem Leben nimmt zu, der Streß wird Tag für Tag stärker. Herr, schenk mir doch diese Liebe, die alles, was von außen kommt, neutralisiert. Gib mir die Gnade, in so radikaler Hingabe zu leben, daß die Kraft deiner Liebe ununterbrochen aus meinem Innersten herausströmt. Amen.

„Nichts Böses wird dich antasten"

Siehe, glücklich ist der Mensch, den Gott zurechtweist! So verwirf denn nicht die Züchtigung des Allmächtigen! Denn er bereitet Schmerz und verbindet, er zerschlägt, und seine Hände heilen. In sechs Nöten wird er dich retten, und in sieben wird dich nichts Böses antasten.

In Hungersnot kauft er dich los vom Tod und im Krieg von der Gewalt des Schwertes. Vor der Geißel der Zunge wirst du geborgen sein, und du wirst dich nicht fürchten vor der Verwüstung, wenn sie kommt. Über Verwüstung und Hunger wirst du lachen, und vor dem Raubwild der Erde wirst du dich nicht fürchten.

Denn dein Bund wird mit den Steinen des Feldes sein, und das Raubwild des Feldes wird Frieden mit dir haben. Und du wirst erkennen, daß dein Zelt in Frieden ist. Und schaust du nach deiner Wohnung, so wirst du nichts vermissen. Und du wirst erkennen, daß deine Nachkommen zahlreich sein werden und deine Sprößlinge wie das Kraut der Erde. Du wirst in Rüstigkeit ins Grab kommen, wie die Garben eingebracht werden zu ihrer Zeit. Siehe, dies haben wir erforscht, so ist es. Höre es doch, und merke du es dir!

– Hiob 5,17-27 –

17
Schutz vor dem Verkläger

Wie gehen Sie mit Kritik um? Wie schützen Sie sich vor der **„Geißel der Zunge"** (Hiob 5,21)? Wo ist der Ort der Bewahrung vor Anklage? Wenn Sie erfolgreich für den Herrn arbeiten wollen, müssen Sie den Ort finden, an dem Sie sich vor einer der schlimmsten Waffen im Arsenal Satans verbergen können – der kritiksüchtigen Zunge.

Es läßt sich nicht vermeiden, daß die Leute über Sie reden werden, sei es Gutes oder Schlechtes. Wer den Willen Gottes tut, wird unweigerlich Dinge verändern, und irgendjemand wird sich immer an Veränderungen stoßen. Jesus sagte sogar, wir sollten auf der Hut sein, wenn unsere Mitmenschen nur noch positiv über uns reden. Er sagte, wir könnten nicht zwei Herren gleichzeitig dienen; wenn wir einzig und allein ihm gefallen wollen, könnten wir uns nicht von diesem Ziel ablenken lassen, indem wir versuchen, allen anderen zu gefallen.

Gleichzeitig zielt eine dämonische Strategie auf all jene ab, die das Wort Gottes lehren und seinem Volk dienen. Mit Hilfe dieses Plans will der Feind nicht nur die Hirten vernichten, sondern auch die Herde zerstreuen. Wenn Satans Anschlag gelingt, wird jeder, der davon betroffen ist, mit weniger Liebe und einem verhärteten Herzen aus dieser Schlacht heimkehren.

Es ist schon erstaunlich, wie unterschiedlich die Leute auf ein und dieselbe Lehre reagieren. Die einen fühlen sich auferbaut und ermutigt, während die anderen womöglich nicht nur den Segen Gottes verpassen, sondern an einem einzelnen Statement regelrecht Anstoß nehmen.

Für jeden Christen, der zum Hammer greift, um aus einem Prediger einen Götzen zu meißeln, scheint ein anderer zum Hammer zu greifen, um denselben Prediger zu kreuzigen. So ein Diener Gottes könnte von dem Druck, der auf ihn gelegt wird, durchaus in die Knie gezwungen werden, würde er nicht vom Herrn gestützt.

Die meisten Leute vergessen, daß ein geistlicher Leiter ein Christ wie jeder andere ist. Er ist kein Supermann; er hat keine kugel- (und kritiksichere) Weste: Boshaftes und übles Gerede können ihn sehr wohl in Mitleidenschaft ziehen. Er ist ein unvollkommener Mensch, der dazu berufen wurde, dem lebendigen Gott im Leib Christi zu dienen, aber er ist und bleibt ein Mensch.

Die Gemeinde ist für die Mehrheit der Christen ein Ort, an dem sie Gott anbeten, Lehre empfangen und Gemeinschaft mit anderen pflegen. Doch für den Mann oder die Frau Gottes ist die Gemeinde der Garten Gottes. Der eigentliche Dienst eines Pastors beschränkt sich beileibe nicht auf das Predigen, sondern spielt sich im Verborgenen ab, wo er daran arbeitet, Liebe und Vertrauen durch persönliche Beziehungen zu pflegen und zu fördern.

In den Augen Gottes ist eine Gemeinde weit mehr als nur der Treffpunkt von Zufallsbekanntschaften oder Gläubigen, die sich in Lehrfragen einig sind. Für den Vater ist die Gemeinde ein lebendiger Tempel, eine menschliche Behausung für den Geist seines Sohnes. Die Bibel sagt, daß er jedem Glied einen besonderen Platz am Leib Christi zugewiesen hätte (vgl. 1 Kor 12,18). Gemeinsam mit dem Heiligen Geist arbeiten die Pastoren und Ältesten daran, die Gemeinde zunächst in die richtige Beziehung zur Liebe Gottes zu setzen und diese Liebe anschließend im gesamten Leib Christi einer Stadt zu verbreiten.

Es gibt Möglichkeiten, wie Christen auf ehrenhafte Art und Weise von einer Gemeinde zur anderen überwechseln und dabei im Willen Gottes bleiben können. Wenn jemand in den geistlichen Dienst treten will, gibt es gute und „saubere" Wege, um die dafür erforderliche Ausbildung zu bekommen (vgl. Apg 13,1-3). Um dieses Ziel zu erreichen, ist es nicht erforderlich, einen Fehler an einer Gemeinde zu finden und infolgedessen eine Spaltung herbeizuführen. Wenn diese Dinge korrekt und ordentlich ablaufen, werden die Beteiligten dadurch stets auferbaut.

Doch es erregt den Zorn Gottes, wenn durch bösartige Tratschereien Beziehungen auseinandergerissen und zerstört werden oder aufkeimendes Vertrauen durch Lästerung und Kritik in Mißtrauen verwandelt wird (vgl. Spr 6,16-19). Und wenn Gott Anstoß an diesen Dingen nimmt, wird sich sein Diener sehr schwer tun, sich von dem Konflikt fernzuhalten, der durch die Sünde verursacht wird.

Die Antwort
Wie findet nun ein Mann oder eine Frau Gottes den Mittelweg zwischen der grundsätzlichen Notwendigkeit, selbst zu überleben, und seiner Verantwortung, Gott wohlgefällig zu handeln? Die Antwort lautet: Er muß die Liebe Christi anziehen.

Vor etlichen Jahren durchlebte ich schwere Zeiten, da mich einige Leute permanent zur Zielscheibe ihrer Kritik machten. Wer Sie liebt und Ihnen wohlgesonnen ist, wird Sie mit konstruktiver Kritik konfrontieren, die Ihren Horizont weitet und zu Ihrem geistlichen Wachstum beiträgt; doch Menschen mit einem verbitterten Geist möchten Sie mit ihrer Kritik nicht korrigieren, sondern vernichten, und so könnte man die Beziehung beschreiben, die ich mit jenen Leuten hatte.

Ich muß ehrlicherweise zugeben, daß ich damals in einigen Lebensbereichen recht unausgewogene Ansichten hatte, weshalb die eine oder andere Klage durchaus gerechtfertigt war. Doch das meiste, was diese Leute zu sagen hatten, sagten sie hinter meinem Rücken in der Gegenwart Dritter. Ihr Einfluß begann die Gemeinde zu destabilisieren. Ich bemühte mich sehr, doch nichts, was ich sagte oder worüber ich Buße tat, konnte ihrem Treiben ein Ende setzen.

Drei Jahre lang suchte ich den Herrn, aber er sprach mich nicht von den Anklagen dieser Leute frei. Stattdessen befaßte er sich eingehend mit *mir*. Er drang tief ins Innerste meiner Seele vor und berührte verborgene Lebensbereiche.

Der Herr hatte es dabei nicht auf meine Sünde, sondern auf mein „Ich" abgesehen. Ich konnte bestätigen, daß uns, wie die Bibel sagt, unsere Sünden ständig vor Augen sind (vgl. Ps 51); doch hatte ich im Grunde keine Ahnung, was in meiner Seele verborgen war. Der Herr ließ diese Kritik an mir zu, bis sie etwas ans Licht brachte, das viel tiefgründiger war und auf einer viel grundsätzlicheren Ebene schief lag als irgendwelche Lehrfragen oder Sünden; sie brachte *mein wahres Ich* ans Licht!

Der Heilige Geist zeigte mir, wie leicht ich mich durch die Kritik anderer Leute manipulieren ließ und vor allem wie sehr mein innerer Frieden davon abhing, ob ich von anderen Menschen akzeptiert oder abgelehnt wurde. So eifrig ich auch betete – Gott schaffte mir meinen Feind nicht vom Leib. Vielmehr rettete er mich, indem er jenen Teil von mir *tötete*, der für den

Teufel empfänglich war, und das Werkzeug, dessen er sich zu diesem Zweck bediente, waren eben jene Anklagen.

Ich werde den Tag nie vergessen, als es mir dämmerte, daß sowohl Gott als auch der Teufel – wenngleich aus unterschiedlichen Gründen – meinen Tod wollten. Satan wollte mich zunächst durch Verleumdung zugrunde richten und mich dann durch den permanenten Zwang, anderen Leuten „meinen Standpunkt" erklären zu müssen, systematisch auszehren. Parallel dazu wollte Gott eben jenen Teil meiner Seele kreuzigen, der sich so leicht vom Teufel ausnutzen ließ!

An diesem alles entscheidenden Tag erkannte ich, daß diese Schlacht erst dann vorbei sein würde, wenn ich gegenüber dem, was andere Menschen über mich sagten, wie tot wäre. Vielleicht wurde ich erst in diesem Augenblick endlich und wahrhaftig ein Diener Gottes.

Heute staune ich nur so darüber, was der Herr in diesen entsetzlichen und doch so wunderbaren Monaten tat. Er wußte, daß eine Zeit kommen würde, in der das, was ich schrieb, buchstäblich Millionen von Menschen erreichen würde. Um mich gegen das *Lob* der Menschen zu impfen, taufte er mich in der *Kritik* der Menschen, bis ich der Kontrolle anderer Menschen über mich abgestorben war!

Verstehen Sie mich nicht falsch: Ich bete nach wie vor ernsthaft über die Anliegen und Belange anderer Menschen und lege vor anderen geistlichen Leitern Rechenschaft über mein Tun ab. Ich habe sogar Mitarbeiter, deren Aufgabe darin besteht, mein Leben und meine Arbeit kritisch zu analysieren. Aber Menschen haben keine Macht mehr über mich. Ich lebe, um Gott zu gefallen, und wenn ich damit zufällig auch Menschen gefalle, ist das seine Sache, nicht meine.

Im Schutz seines Kreuzes

Es ist unaussprechlich und wunderbar, wie die Erlösung Gottes in unserem Leben wirksam wird: Jede Notlage, jeder teuflische Plan, jede Anklage, die gegen uns gerichtet wird, alles, womit Satan uns vernichten möchte, wird durch die Liebe Gottes umgekehrt und dazu verwendet, uns Christus immer ähnlicher zu machen. Wenn wir den Herrn treu suchen, werden alle Nöte und Widrigkeiten zu Öl auf dem Feuer, das in unseren Herzen für Gott brennt. Nur um zu überleben, werden wir immer näher zur Glut seiner Gegenwart hingedrängt.

So sehr ich diese Verleumdungen auch haßte, trieb Gott mich doch durch genau jene Situation immer mehr in seine Arme. So wichtig Bibelstudium und Gottesdienstbesuch auch sind – *Widrigkeiten und Schwierigkeiten* versetzten meinem Ich den schwersten Todesstoß und brachten mich Gott am nächsten! Ich habe es gelernt, meine Feinde aufrichtig zu lieben und wertzuschätzen, *schließlich wäre ich ohne sie nicht in den Genuß dieses Segens gekommen!*

Ich verstehe nun, warum Jesus sagte: **„Glückselig die um Gerechtigkeit willen Verfolgten, denn ihrer ist das Reich der Himmel“** (Mt 5,10). Natürlich meinte er damit nicht, daß wir uns nach außen hin „wie im Himmel“ fühlen, wenn wir verfolgt oder körperlich oder psychisch malträtiert werden. Nein, aber *im Inneren* arbeitet Gott ganz gewaltig an unserer Seele, durchbricht ihre Abhängigkeit von Menschenmeinungen und befreit uns, um durch und durch und wahrhaft für Christus leben zu können.

In seiner Weisheit hat Gott uns zweierlei geschenkt: ein neues Wesen und ein Kreuz, das ganz speziell dazu dient, das alte Wesen zu töten. *Sobald wir das Kreuz auf uns nehmen, betreten wir den Ort der Bewahrung.*

Wir müssen diese Wahrheit verstehen: Gott will den Tod unseres alten Wesens. Er will nicht, daß wir etwas erneuern, das in Wirklichkeit gekreuzigt werden muß. Er will, daß unser alter Mensch stirbt. Unser altes Ich konnte sich nicht gegen den Feind wehren und zudem ist sein defektes Wesen dem Teufel sehr seelenverwandt und damit für ihn am leichtesten zugänglich.

Der Inhalt und die Essenz des „neuen Wesens“ ist Christus selbst. Wenn der lebendige Christus in mir lebt und mich zur Liebe anhält, sollte ich dann noch meinen Nächsten anklagen? Wenn ich klage, sollte ich dann mein altes Wesen zu neuem Leben erwecken, nur damit ich einen Zeugen für meine Klage habe? Sollte ich Christus zum Schweigen bringen, damit ich die Stimme des Verklägers höre? Wenn ich ein Diener Christi sein will, muß ich das Gebet Jesu am Kreuz wiederholen, sobald ich angeklagt werde: **„Vater vergib ihnen, denn sie wissen nicht, was sie tun“** (Lk 23,34).

Deshalb sind wir fest entschlossen, ungeachtet der Meinung anderer Menschen über uns und ungeachtet ihres Lobs oder Tadels das Kreuz Christi durch diesen Konflikt hindurchzutragen. Denn **„unsere Trübsal, die zeitlich und leicht ist, verschafft uns eine ewige und über alle Maßen gewichtige Herrlichkeit“** (2 Kor 4,17; Schlachter).

Ich persönlich habe folgende Einstellung: Würde Gott für meine Stadt *keine* Erweckung schenken, sondern nur einen reifen, gehorsamen Sohn in seinen Dienst rufen wollen – einen Sohn, der sich weigert, an anderen Anstoß zu nehmen, sich weigert zurückzuschlagen, sich weigert, anderen Vergebung zu verwehren –, dann habe ich den festen Entschluß gefaßt, dieser Sohn zu sein, der Christi Gefallen findet. Wenn er einen Diener sucht, der kontinuierlich in der Liebe feststeht und an die Einheit, Heiligung und Wiederherstellung des Leibes Christi glaubt, dann habe ich für mich beschlossen, diese Person zu sein.

Niemand von uns ist schon an diesem Punkt angelangt, doch wenn jeder von uns diese Einstellung hat, werden wir unsere Reaktionen auf Kritik und Beleidigungen damit abtöten. Und obwohl wir immer noch straucheln werden, werden wir lernen, daß „sein Kreuz tragen“ nicht nur heißt, den eigenen Vorstellungen abzusterben, sondern auch die Liebe Christi anzunehmen, die all jenen vergibt, die uns kreuzigen.

Herr, hilf mir, daß ich mir in Demut die Kritik jener anhören kann, die mich anklagen. Schenke mir Frieden, damit ich geistlich wachse, wenn andere etwas an mir auszusetzen haben. Ja, noch mehr erbitte ich: Hilf mir, gegenüber allem, was ich war, wie tot und gegenüber allem, was du bist, lebendig zu sein. Ich will unbedingt dein Wesen annehmen und in dein Abbild verwandelt werden. Amen.

Vor wem sollte ich mich fürchten?

Der Herr ist mein Licht und mein Heil, vor wem sollte ich mich fürchten? Der Herr ist meines Lebens Zuflucht, vor wem sollte ich erschrecken? Wenn Übeltäter mir nahen, mein Fleisch zu fressen, meine Bedränger und meine Feinde, so sind sie es, die straucheln und fallen. Wenn sich ein Heer gegen mich lagert, so fürchtet sich mein Herz nicht; wenn sich auch Krieg gegen mich erhebt, trotzdem bin ich vertrauensvoll.

Eins habe ich vom Herrn erbeten, danach trachte ich: zu wohnen im Haus des Herrn alle Tage meines Lebens, um anzuschauen die Freundlichkeit des Herrn und nachzudenken in seinem Tempel. Denn er wird mich bergen in seiner Hütte am Tag des Unheils, er wird mich verbergen im Versteck seines Zeltes; auf einen Felsen wird er mich heben.

– Psalm 27,1-5 –

18

Am Thron Gottes

Die Verheißung Gottes heranreifen lassen

Nachdem wir von Gott berührt worden sind, kommt eine Zeit, in der etwas in unserem Geist aufzukeimen beginnt, das wirklich von Christus ist. Dies ist die Zeit, in der die Hoffnungen Gottes in Ihrer Phantasie und Ihren Träumen Form annehmen. Diese Erfahrung könnte man durchaus mit einer Schwangerschaft vergleichen. Was Gott in Ihnen gezeugt hat, wird nun durch Ihren Glauben genährt und durch Ihre Gebete beschützt. Christus gewinnt Gestalt in Ihnen (vgl. Gal 4,19). Ab diesem Zeitpunkt ist Ihr Leben mit Gott nie wieder bloße Religion – Gott ist Ihr Schicksal!

Doch in dieser Phase unserer Entwicklung werden wir zwangsläufig geistlich unreif denken und handeln. Es braucht Zeit, bis die Verheißung Gottes in uns heranreift. Ungeduld und Angst machen sich breit. Wir meinen, wir könnten durch unsere eigene Initiative all das bekommen, was Gott verheißen hat. Wenn wir Verzögerungen akzeptieren, plagen uns Schuldgefühle.

Es dauert eine Weile, bis wir schließlich erkennen, daß nur Gott wahr werden lassen kann, was er verheißen hat. Wir müssen lediglich mit ihm bei der Vorbereitung unseres Herzens zusammenarbeiten. Aus diesem Grund sind die ersten Schritte unseres Lebens mit Christus in der Regel keine Zeiten der Erfüllung, sondern vielmehr der Entwicklung.

Doch der Allmächtige ist nicht die einzige übernatürliche Person, die unser Leben genauestens beobachtet. Auch Satan spürt, wie heilig und zielgerichtet dieses Leben ist, das in uns heranreift. Und je näher die Zeit rückt, in der sich die Verheißung erfüllen soll, desto mehr versucht der Teufel, das Werk Gottes in uns zunichte zu machen. Wir stehen ständig im Kampf, innerlich wie äußerlich. In schweren Stunden stellen wir unsere Motive in Frage und zweifeln an unserer Bereitschaft.

Nach außen müssen wir uns mit den Anklagen jener Leute herumschlagen, die Satan benutzt, um unser Handeln in Mißkredit zu bringen oder zu kritisieren. Was tun wir? Wir reagieren falsch auf diese Leute, deren Überzeugungen von Satan manipuliert worden sind; wir verteidigen unsere Sache vor ihnen: *„Da ist etwas in mir, das von Gott ist! Erkennst du das denn nicht? Anstatt mich zu kritisieren, solltest du mir lieber helfen!“*

Aber nur sehr selten finden wir Trost, indem wir die Zustimmung anderer Menschen suchen, und kaum haben wir Trost gefunden, ist er auch schon wieder weg. Sollen wir die anderen Leute anklagen, weil sie uns ganz offensichtlich nicht unterstützen? Nein, denn Gott hat es so gewollt: Niemand kann uns die Unterstützung geben, nach der wir uns so sehnen, außer er selbst. Auch wenn wir vielleicht unsere geistliche Existenz der Fürbitte anderer Christen verdanken, muß das, was Gott in uns gezeugt hat, letztendlich einzig und allein durch Christus genährt und gekräftigt werden.

Vielleicht erinnern Sie sich, daß Salomo, nachdem er den Tempel gebaut hatte, den Säulen an der Vorhalle die Namen „Jachin“ und „Boas“ gab (vgl. 1 Kön 7,21). „Jachin“ bedeutet „Er wird befestigen“; „Boas“ bedeutet „In ihm ist Stärke“. Wenn wir in den wahren Dienst Gottes eintreten und darin bleiben, dürfen wir uns auf keine Kraft außer der seinen und auf keinen Erfolg außer dem, den er schenkt, verlassen.

Durchbruch mit Hilfe von Gebet

In Offenbarung 12 wird uns vor Augen geführt, wie echtes geistliches Wachstum verläuft. In diesem Kapitel wird beschrieben, wie Christus in uns zu „keimen“ beginnt. Danach folgt die „Wachstumsphase“, die Zubereitung und der Versuch Satans, das Offenbarwerden Christi in unserem Leben zu vereiteln. Schließlich lesen wir, wie das Wesen Christi durch seinen menschlichen Knecht offenbar und aktiv wird.

Johannes sah ein großes Zeichen: **„Eine Frau, bekleidet mit der Sonne, und der Mond war unter ihren Füßen und auf ihrem Haupt ein Kranz von zwölf Sternen. Und sie ist schwanger ...“** (V. 1-2a). Verschiedene Theologen sind der Meinung, diese Frau sei Israel, das Christus gebiert, oder die Heiligen des Alten und des Neuen Bundes, die das Neue Israel werden. Andere sehen darin den Prozeß, mit dessen Hilfe Gott Menschen dazu bewegt, durch Gebet große geistliche Erwekkungen unter den Nationen auszulösen. Wieder andere deuten dies als Bild für die außergewöhnliche Fürbittarbeit der Heiligen in der Endzeit, die mit der Wiederkunft Christi vollendet und abgeschlossen wird.

Wie man die schwangere Frau in Offenbarung 12 deutet, sei dahingestellt; wir konzentrieren uns vor allem auf das *Prinzip*, das man aus diesem Bild ableiten kann. Auf einer viel niedrigeren Ebene spiegelt sich in den Geburtswehen dieser Frau unser eigenes sehnsüchtiges Ringen wider, daß Christus doch in unserem Dienst für Gott Gestalt annehmen möge.

Wir wollen auf keinen Fall in Abrede stellen, daß gute Taten oder Treue für unsere derzeitige Aufgabe von großer Bedeutung sind; aber es gibt eine Zeit, in der etwas tief in uns darauf dringt, daß wir aufstehen und uns mit einer außergewöhnlichen Gebetsaktivität unserem bevorstehenden Schicksal stellen. Dies ist die Zeit, in der eine neue Dimension Christi in unserem Leben offenbar werden soll.

Die in den Wehen liegende Frau hat Gottes Pläne in sich getragen und steht nun kurz vor der Geburt. Die Energie, die sie in all ihre früheren Werke gesteckt hat, bündelt sich nun in gewaltigen „Gebetswehen": **„Und [sie] schreit in Geburtswehen und in Schmerzen und soll gebären"** (V. 2b). Durch diese intensive Fürbitte gebiert sie jemanden, **„der alle Völker mit eisernem Stabe regieren soll"** (V. 5; Menge).

Dasselbe gilt für uns. Die Vision, die Gott in unseren Geist gelegt hat, wird vielleicht nicht unbedingt die ganze Welt regieren, doch wenn sie Gestalt annimmt, wird sie Christus sein: Er wird *unsere* Welt regieren. Aber er kann nur durch unseren Glauben, unsere Vorbereitung und unsere „Gebetswehen" ans Licht kommen. Es gibt eine Zeit, in der wir arbeiten, dienen und von jedermann gesehen werden. Es gibt auch eine Zeit, in der der Plan Gottes in uns greifbar nahe ist; dies ist die Zeit für massiven Gebetseinsatz.

Es ist sehr aufschlußreich, daß der Herr die Gemeinde in den vergangenen Jahren in intensiveres und leidenschaftlicheres Gebet hineingeführt hat. Die Werke Jesu an sich sind im Vergleich dazu nicht minder wichtig oder ehrenhaft, doch in dieser Situation steht ein neues Ziel, ein neuer Plan kurz vor dem Offenbarwerden, und das ist die Zeit zu beten.

Der feindliche Angriff

Wenn nur Gebet nötig wäre, um ein neues Wirken Gottes freizusetzen, hätten wir bereits jetzt die ersehnte Erweckung. Doch der Vision des Johannes in Offenbarung 12 zufolge erschien ein weiteres Zeichen, als die Frau kurz vor der Niederkunft stand: **„Ein großer, feuerroter Drache ... stand vor der Frau, die im Begriff war, zu gebären, um, wenn sie geboren hätte, ihr Kind zu verschlingen. Und sie gebar einen Sohn, ein männliches Kind ...“** (V. 3-5a).

Viele Christen sind der Meinung, dieses „männliche Kind“, das von der Frau geboren wurde, versinnbildliche die Person und das Wirken Jesu Christi. Auch der Sohn Gottes kam als Baby zur Welt – klein und hilflos. Genauso begann jeder, den Gott je gebraucht hat, und alles, was Gott seit dem Sündenfall getan hat, in einem Zustand der Verletzbarkeit und Schutzbedürftigkeit. Während das neue Werk Gottes offenbar wird, versucht Satan seinen größten Angriff zu starten. Und er bedient sich der Anklage, um gegen unsere neuen Anfänge in Christus Krieg zu führen.

In dieser Zeit ist das, was Gott mit uns vorhat, großen Gefahren ausgesetzt. Der Drache, der sich am Anfang des Geburtsvorgangs vor die Frau stellte, wird im selben Kapitel als der Teufel entlarvt und speziell als „Verkläger der Brüder“ bezeichnet.

Die Macht der Worte

Die Anklagen des Teufels haben immer ein Körnchen Wahrheit in sich. Er führt uns vor Augen, wie mickerig wir sind, betont, wie ungeistlich wir uns doch verhalten, nutzt unsere Unkenntnis und unsere Ängste aus und verurteilt uns wegen unserer Unreife und unserer Fehler. Nur durch Worte vermag er die Neuanfänge zu ersticken oder zumindest zu erschweren.

Erinnern Sie sich daran, wie Sie zum ersten Mal Zeugnis gegeben haben oder zum ersten Mal in einem Hauskreis etwas gesagt haben? Die meisten Christen werden unmittelbar nach solchen Situationen von einer wahren Flut von Gedanken und Einwänden überschwemmt. Diese Worte kommen vom Verkläger der Brüder.

Dieser Geist konnte den göttlichen Plan schon im Leben vieler Christen vereiteln. Viele, die über das Wirken Christi in ihnen hätten staunen sollen, gaben sich stattdessen mit bloßer Theologie über Jesus Christus zufrieden. Auf diese Weise machte sich Satan ihre Unvollkommenheit zunutze und begrub ihre Hoffnung auf Christus in einem wahren Kugelhagel der Anklage.

Auch wenn es dem Verkläger gelang, *Sie* in dieser Hinsicht zu behindern, müssen Sie eins unbedingt wissen: *Christus in Ihnen wird nie sterben.* Er wartet nur auf eine neue Mischung aus Hoffnung und Glauben und auf beharrliches Gebet. Der Feind, gegen den Sie kämpfen, ist weder Ihr Versagen noch Ihre Unkenntnis noch Ihr ungeistliches Verhalten; Ihr Feind ist der Verkläger der Brüder. Er ist darauf aus, sich Ihre Fehler zu seinem Zweck zurechtzubiegen und sie gegen Sie zu verwenden. Und durch eine wahre Flut von Worten will er Ihre Beziehung zu Gott auf eine hohle, religiöse Form reduzieren, in der das Leben Christi keine Realität mehr ist.

Zu Gott entrückt

Wie überwinden wir diesen anklagenden Geist, diesen Teufel, der die Offenbarwerdung Christi in unserem Leben unterbinden möchte? Kehren wir zurück zu Offenbarung 12, wo wir den Schlüssel zu unserer Bestimmung in Gott finden: **„Und sie gebar einen Sohn, ein männliches Kind, der alle Nationen hüten soll mit eisernem Stab; und ihr Kind wurde entrückt zu Gott und zu seinem Thron“** (Offb 12,5). So wie das Kind der Frau **„zu Gott und zu seinem Thron entrückt“** wurde, müssen auch wir zu Gott hin „entrückt“ werden und in der lebendigen Gegenwart Gottes bleiben.

Wir können es uns nicht leisten, uns von den Anklagen des Teufels oder der Meinung unserer Mitmenschen abschrecken zu lassen. Wenn die Waffe des Verklägers seine Worte sind, müssen wir wissen, daß unser Sieg das Wort Gottes ist. Er hat gesagt, daß wir seine Kinder sind und sein Sohn zur Rechtfertigung, zur Gerechtigkeit, zur Heiligung und zur Bevollmächtigung in uns wohnt.

Seit dem Augenblick, in dem wir unser Leben Jesus gaben, zieht uns der Heilige Geist „nach oben“; Gott zieht uns und hebt uns hinauf in die Fülle seiner Gegenwart. Wir haben es selbst erlebt: Alle Dinge dienen uns im Endeffekt zum Besten. Unsere Erfahrung hat uns gezeigt: Nichts kann uns von der Liebe Gottes in Christus Jesus, unserem Herrn, trennen (vgl. Röm 8,28.38-39). Liefern wir uns deshalb diesem Wind Gottes aus und lassen wir uns von ihm in bewunderndem Gehorsam in eine geheiligte Zukunft tragen.

Mit feierlichem Ernst und dennoch freudig erkennen wir die Wahrheit: *Die Entrückung, auf die der Leib Christi wartet, hat in unserem Geist bereits begonnen!* Schon jetzt **„hat [er] uns mitauferweckt und mitsitzen lassen in der Himmelswelt in Christus Jesus“** (Eph 2,6). Hat Jesus nicht gesagt: **„Ich bin die Auferstehung und das Leben“** (Joh 11,25)? Seinen Worten zufolge ist die Auferstehung nicht nur ein bestimmtes Ereignis, sondern eine Person, die heute, hier und jetzt in uns lebt, uns fortwährend erneuert und uns zu Gott und seiner Fülle hinzieht!

Satans Strategie besteht darin, uns permanent auf fleischliche, religiöse und irdische Dinge auszurichten. Aber er kommt zu spät! Denn wir sind schon jetzt Kinder des Himmels auf dem Weg in die Herrlichkeit. Sind wir etwa nicht „von oben“ wiedergeboren? Steht etwa nicht geschrieben, daß das Jerusalem droben unsere Mutter ist (vgl. Gal 4,26)? Der Himmel ist nicht nur unser Schicksal, sondern unsere Heimat und unser Geburtsort!

Aus diesem Grund besteht unsere vorrangige Strategie gegen den Verkläger darin, daß wir uns weigern, unsere Zukunft von *irgendwelchen* Worten außer dem Wort Gottes bestimmen und definieren zu lassen. Wenn der Verkläger angreift, steigen wir nicht auf seine Ebene der Anklagen hinunter, sondern stattdessen lobpreisend hinauf in die Höhe der Verherrlichung Christi. Wir fliehen in die Gegenwart Gottes.

Ja, in der Kraft der Güte Christi wendet er sogar die Attacke des Verklägers der Brüder zum Guten. Denn Gott macht sich die Schwierigkeiten, mit denen uns der Verkläger überhäufen will, zunutze, um uns immer wieder eine Ebene weiter hinaufzutreiben. Und unser Gott wird die Auswirkungen der Anklagen des Teufels auch weiterhin in ihr Gegenteil verkehren, bis wir nicht nur zum Thron der Gnade Gottes kommen, wenn wir bedrängt sind, sondern bis wir es gelernt haben, permanent mit Christus in der Himmelswelt zu wohnen! Dieser Ort der Bewahrung ist unsere Bestimmung, der Platz, an dem wir geistlich gesehen zu Gott und zu seinem Thron entrückt werden.

Meister, ich preise dich, weil du sogar das, was mir schaden sollte, zu meinem Besten verwendest. Danke, daß du den Angriff des Verklägers nutzt, um mich anzuspornen und in deine Gegenwart zu treiben. Ich will mich nur bei dir bergen, nirgendwo sonst; ich bin nirgends lieber als vor deinem Thron. Schenk mir ein demütiges Herz, damit ich selbst dann, wenn mich der Verkläger herausfordert, ohne Umschweife zu dir fliehe und mich bei dir berge. Amen.

Gott ist uns Zuflucht

Gott ist uns Zuflucht und Stärke, als Beistand in Nöten reichlich zu finden. Darum fürchten wir uns nicht, wenn auch die Erde erbebte und die Berge mitten ins Meer wankten. Mögen seine Wasser tosen und schäumen, die Berge erbeben durch sein Aufbäumen!

Des Stromes Bäche erfreuen die Stadt Gottes, das Heiligtum der Wohnungen des Höchsten. Gott ist in ihrer Mitte, sie wird nicht wanken; Gott wird ihr helfen früh am Morgen. Nationen tobten, Königreiche wankten. Er ließ seine Stimme erschallen: die Erde zerschmolz. Der Herr der Heerscharen ist mit uns, eine Festung ist uns der Gott Jakobs.

– Psalm 46,2-8 –

19

In seine Herrlichkeit gekleidet

Der Geist Christi im Himmel ist derselbe wie der Geist Christi in uns. Der Unterschied liegt darin, daß Jesus im Himmel in Herrlichkeit gekleidet ist, während er sich hier auf Erden hinter unserem unvollkommenen Fleisch verbirgt. Doch Christus ist derselbe, sei es im Himmel oder in uns.

Paulus sagt klar und deutlich, wo die Kraft und Herrlichkeit des Leibes Christi herkommt: **„Prüft euch, ob ihr im Glauben seid, untersucht euch! Oder erkennt ihr euch selbst nicht, daß Jesus Christus in euch ist? Es sei denn, daß ihr etwa unbewährt seid“** (2 Kor 13,5).

An einer anderen Stelle definiert er sein geistliches Leben mit den Worten **„Ich bin mit Christus gekreuzigt ...“** und fügt hinzu: **„... und nicht mehr lebe ich, sondern Christus lebt in mir; was ich aber jetzt im Fleisch lebe, lebe ich im Glauben, und zwar im Glauben an den Sohn Gottes, der mich geliebt und sich selbst für mich hingegeben hat. Ich mache die Gnade Gottes nicht ungültig ...“** (Gal 2,19b-21a).

Was ist diese „Gnade Gottes“? Das alte, sündhafte, eigensinnige Leben unseres Ichs, das uns früher so vertraut war, ist gekreuzigt worden, damit Christus selbst seine Herrlichkeit an uns offenbare. Von Anbeginn an verfolgt Gott unbeirrt seinen großen Plan, den Menschen seinem Bilde gleichzumachen. Es gibt keinen anderen Plan. Und am Ende der Zeit wird er diesen Plan vollenden. Wir lesen in Offenbarung 10,7: **„In den Tagen der Stimme des siebenten Engels, wenn er posaunen wird, wird auch das Geheimnis Gottes vollendet sein ...“** Was ist mit diesem „Geheimnis Gottes“ gemeint? Das Geheimnis Gottes ist **„Christus in euch ... als die Hoffnung auf die künftige Herrlichkeit“** (Kol 1,27; Menge).

Es kommt also eine Zeit, in der das Geheimnis Gottes kein Geheimnis mehr sein wird. Unsere Vorbereitungszeit wird abgeschlossen sein und wir werden wie er sein. Unser verwesliches, sterbliches Leben wird unverweslich geworden sein; wir werden die Unsterblichkeit anziehen wie ein glänzendes Gewand. So wie Christus sich mit unserem unvollkommenen Fleisch kleidete, werden wir uns mit seiner strahlenden Herrlichkeit kleiden.

Aus diesem Grund ist es unser heiliges Ansinnen, dem Herrn in unseren Herzen einen Weg zu bahnen. Die Herrlichkeit Gottes vor Augen, nehmen wir unser Kreuz auf uns, weil wir eines wissen: **„Unsere Trübsal, die zeitlich und leicht ist, verschafft uns eine ewige und über alle Maßen gewichtige Herrlichkeit“** (2 Kor 4,17; Schlachter)!

Paulus schrieb:

> **„[Wir tragen] allezeit das Sterben Jesu am Leib umher ..., damit auch das Leben Jesu an unserem Leibe offenbar werde. Denn ständig werden wir, die Lebenden, dem Tod überliefert um Jesu willen, damit auch das Leben Jesu an unserem sterblichen Fleisch offenbar werde“** (2 Kor 4,10-11).

Das Leben Jesu – er ist unser Ziel und unsere Herrlichkeit! **„... Wozu er euch auch berufen hat durch unser Evangelium, zur Erlangung der Herrlichkeit unseres Herrn Jesus Christus“** (2 Thess 2,14). Ja, er kommt, **„um an jenem Tag in seinen Heiligen verherrlicht und in allen denen bewundert zu werden, die geglaubt haben“** (2 Thess 1,10). **„Denn ihr seid gestorben, und euer Leben ist verborgen mit dem Christus in Gott. Wenn der Christus, unser Leben, geoffenbart werden wird, dann werdet auch ihr mit ihm geoffenbart werden in Herrlichkeit“** (Kol 3,3-4). Dieses Leben, das Leben Christi, ist der Ort der Bewahrung.

Das ist keine „Lehre für Fortgeschrittene“, sondern einfaches, grundlegendes Christentum! Wir sind „Briefe Christi“, die die Menschen kennen und lesen. Die Gemeinde soll die für die Welt sichtbare Offenbarung Jesu sein! Hat nicht Jesus selbst gesagt: **„Vater, ich will, daß die, welche du mir gegeben hast, auch bei mir seien, wo ich bin, damit sie meine Herrlichkeit schauen ...“** (Joh 17,24).

Doch seine Herrlichkeit schauen ist nur der erste Schritt, um seine Herrlichkeit in unser Leben zu bekommen. Er sagt weiter (an den Vater gerichtet):

> **„Ich habe auch die Herrlichkeit, die du mir gegeben hast, ihnen gegeben, damit sie eins seien, wie wir eins sind: ich in ihnen und du in mir, auf daß sie zu vollkommener Einheit gelangen, damit die Welt erkenne, daß du mich gesandt und sie geliebt hast, wie du mich geliebt hast.“** (Joh 17,22-23; Menge)

Es ist nicht unser Ziel, der Welt vom Christentum zu erzählen, sondern ihr die Herrlichkeit Christi zu offenbaren. Es ist nicht unser Auftrag, Jesus in gedanken- und empfindungslosem Gehorsam nachzuahmen, sondern ihn durch uns hindurch zu den Menschen scheinen zu lassen.

Zum jetzigen Zeitpunkt wohnen zwei Personen in jedem Christen – Jesus und das Ich. Jeder von uns muß lernen, in ihm zu sein und zu bleiben. **„An jenem Tag“**, sagte Jesus, **„werdet ihr erkennen, daß ich in meinem Vater bin und ihr in mir und ich in euch“** (Joh 14,20).

Es kommt eine Zeit, ja sie ist schon da, in der es gilt, die folgende entscheidende Wahrheit zu erkennen: Wir sind in Christus und Christus ist in uns! **„Wenn jemand mich liebt, so wird er mein Wort halten, und mein Vater wird ihn lieben, und wir werden zu ihm kommen und Wohnung bei ihm machen“** (Joh 14,23). Unser vormals von Rebellion und Eigennutz dominiertes Leben wurde abgesondert, um zur Wohnung Gottes zu werden, zur Behausung Gottes in Herrlichkeit.

„Die Christen sind bekannt dafür, daß sie Gott kennen.“
In unserer Unreife wollten wir für die unterschiedlichsten Dinge bekannt werden. Wir wollten uns mit unseren Geistesgaben oder Lehren einen Namen machen. Einige wollten sich durch ihre spezielle Art der Gemeindeführung Ansehen verschaffen; andere wollten durch ein Bauprojekt oder ein Evangelisationsprogramm Anerkennung finden.

Wenn wir heute bekannt werden wollen, dann nur dafür, daß wir Christus kennen! Er hat verheißen, daß seine Gegenwart, sein Geist und seine Vollmacht all jene uneingeschränkt begleiten werden, die allein ihm nachfolgen.

Weil jene sich nur auf Jesus und auf niemand sonst ausrichten, wird Gott letztlich große Herrlichkeit in ihr Leben bringen.

Sie werden Kranken die Hände auflegen, und spontane Heilungen werden an der Tagesordnung sein. Wunder werden hingegen nebensächlich sein, da sie nur Augen für Jesus haben werden; wenn sie ihre Hände nicht gerade auf Kranke legen, werden sie sie in der Anbetung heben.

Aus diesem Grund stellen wir fest, daß uns der Heilige Geist immer wieder auf Jesus zurückverweist. Ohne ihn sind unsere Gebete lediglich Rituale; ohne ihn bewirkt unser Christentum gar nichts. Doch mit ihm werden wir unter dem Schirm der Herrlichkeit stehen; in seiner Gegenwart ist der Ort der Bewahrung.

Die Herrlichkeit als Schutz und Schirm

„Dann wird der Herr über der ganzen Stätte des Berges Zion und über den Festversammlungen dort eine Wolke bei Tage mit Rauch schaffen und lichten Feuerschein bei Nacht; denn über allem wird die Herrlichkeit des Herrn ein Schutz und Schirm sein und wird zur Beschattung bei Tage vor der Sonnenglut dienen und als Zuflucht und Obdach vor Unwetter und vor Regen“ (Jes 4,5-6; Menge). Es kommt eine Herrlichkeit, die allen Heiligen als Schutz dienen wird.

Wie kommt diese Herrlichkeit? Gott tauft seine Gemeinde mit Feuer. Er hat sich vorgenommen, **„den Schmutz der Töchter Zions“** abzuwaschen; er ist in seinem Herzen fest entschlossen, **„die vielfache Blutschuld Jerusalems aus dessen Mitte ... durch den Geist des Gerichts und durch den Geist der Läuterung“** hinwegzuspülen (Jes 4,4; Menge). Je reiner wir werden, desto mehr wird die Herrlichkeit durch uns hindurchscheinen; und je größer die Herrlichkeit, desto geräumiger der Ort der Bewahrung.

Herr, wer dich in deiner Herrlichkeit kennt, wohnt bis in Ewigkeit am Ort der Bewahrung. Doch um deine Herrlichkeit zu kennen, muß ich zunächst meiner eigenen „Herrlichkeit“, meiner Denomination und meiner Kultur entsagen. Du bist meine Herrlichkeit; du richtest mein Haupt auf. Taufe mich im Licht deines Glanzes; schenk mir die Gnade, die du schon Mose geschenkt hast: ein Zelt der Begegnung, wo ich deine Pracht und Schönheit schauen kann. Kleide mich in deine Gegenwart, und ich bin wunschlos glücklich.

Seine Herrlichkeit erscheint über dir

Steh auf, werde licht! Denn dein Licht ist gekommen, und die Herrlichkeit des Herrn ist über dir aufgegangen. Denn siehe, Finsternis bedeckt die Erde und Dunkel die Völkerschaften;

Aber über dir strahlt der Herr auf, und seine Herrlichkeit erscheint über dir. Und es ziehen Nationen zu deinem Licht hin und Könige zum Lichtglanz deines Aufgangs.

– Jesaja 60,1-3 –

20

Im Zelt Gottes

Am Anfang dieses Buchs stand die Warnung vor dem Druck und den Kämpfen, denen wir uns in unserer Zeit stellen müßten. Hoffentlich haben wir unsere Kraftquelle und unseren Ort der Bewahrung inzwischen einzig und allein bei Gott gefunden. Doch Jesus warnte uns auch vor der Verblendung, die am Ende der Zeit zunehmen würde. Wenn wir uns seine Worte aus Matthäus 24 vor Augen halten, denken wir unweigerlich an falsche Lehrer und Propheten, die auch tatsächlich viele Menschen in die Irre führen werden.

Doch die Taktik des Feindes hat noch eine weitere Dimension, die vermutlich noch viel gefährlicher ist: Vielleicht lassen wir uns nicht verblenden, sondern kennen die Wahrheit, sind jedoch zu beschäftigt und abgelenkt, um ihr zu gehorchen. Wenn dies der Fall ist, wird uns ein schlimmeres Gericht treffen als jene, die Gottes Willen überhaupt nicht kennen.

Jesus warnt uns: **„Hütet euch aber, daß eure Herzen nicht etwa beschwert werden durch Völlerei und Trunkenheit und Lebenssorgen und jener Tag plötzlich über euch hereinbricht“** (Lk 21,34).

In englischen Bibelausgaben steht „Verschwendung“ anstelle von „Völlerei“; „verschwenden“ heißt „verplempern“, „etwas ohne Sinn und Ziel tun“ und „vergeuden“. Das zweitwichtigste Geschenk Christi an uns nach seiner Gnade ist Zeit. Wenn wir keine Zeit haben, können wir auch all die anderen – geistlichen – Gaben und Ressourcen Gottes nicht weiterentwickeln. Wenn wir uns für den Dienst am Herrn keine Zeit *nehmen*, werden wir uns nicht auf jenen Tag vorbereiten können, der, wie Jesus sagte, **„wie ein Fallstrick ... kommen [wird] über alle, die auf dem ganzen Erdboden ansässig sind“** (Lk 21,35). Dann wird uns der Tag des Herrn nicht Anlaß zur Freude sein, sondern uns urplötzlich zu „Fall“ bringen.

Immer und immer wieder weist der Herr mit warnenden Worten darauf hin, daß er jene, die ihn jetzt links liegen lassen, später ebenfalls links liegen lassen werde (vgl. Mt 10,38; 24,36-

25,46; Lk 13,24-30; Joh 12,47-48 etc.). Sie werden Schutz bei ihm suchen, den er ihnen nicht gewähren wird. Warum? Es braucht Zeit, um in den Wegen, der Erkenntnis und der Gnade Gottes zu wachsen, und genau dieses Wachstum verschafft uns im Inneren Zugang zum Ort der Bewahrung. Heute müssen wir uns auf morgen vorbereiten; wenn wir unsere Vorbereitung auf morgen verschieben, wird es zu spät sein.

Im Allerheiligsten

Im Buch der Offenbarung berichtet Johannes von der folgenden wunderbaren Begebenheit: **„Und es wurde mir ein Rohr, gleich einem Stab, gegeben und gesagt: Steh auf und miß den Tempel Gottes und den Altar und die, welche darin anbeten!“** (Offb 11,1) Johannes bekam den Auftrag, den „Tempel Gottes“ zu vermessen. Als er diese Vision hatte, lag der physische Tempel in Jerusalem schon seit mehr als zwanzig Jahren in Schutt und Asche. Folglich sollte der Apostel nicht den *physischen* Tempel, sondern den *geistlichen* Tempel, also den Leib Christi, vermessen.

Er sollte den Altar vermessen und die, welche darin anbeten. Mit anderen Worten: *Er sollte jene vermessen, die sich als lebendige Opfer Gott hingegeben hatten*, alle Christen, die ihr Leben auf dem Opferaltar vergossen haben (vgl. Phil 2,17); sie wissen, was es heißt, im Heiligtum bei Gott zu verharren.

Johannes' Auftrag lautete weiter: **„Und den Hof, der außerhalb des Tempels ist, laß aus und miß ihn nicht! Denn er ist den Nationen gegeben worden, und sie werden die heilige Stadt zertreten zweiundvierzig Monate“** (Offb 11,2). In dieser Vision geht es insgesamt um drei verschiedene Personengruppen: Jene, die am Altar Gottes anbeten; jene, die unmittelbar außerhalb des Tempels stehen; und die „Nationen“, die die Heilige Stadt dreieinhalb Jahre lang zertreten werden. Die „Nationen“ sind all jene, die den unvorbereiteten Leib Christi verfolgen werden, der sich im Hof „außerhalb des Tempels“ aufhält. Die am Altar anbeten, sind jene, die am Ende der Zeit aufgrund ihrer Liebe und Beharrlichkeit am Ort der Bewahrung wohnen.

Nicht Mann und Frau, sondern Christus

Der Hof „außerhalb des Tempels" gehörte zum Tempelbereich und lag innerhalb der Mauer, die den Tempel und all seine Vorhöfe umschloß; man nannte ihn den „Vorhof der Frauen und Heiden". Nur die Priester, die männlichen Geschlechts waren, durften im Inneren des Tempels dienen.

Das heißt nicht, daß Frauen in unserer Zeit das Heiligtum nicht betreten könnten; es heißt vielmehr, daß Frauen „Söhne" werden müssen. Sie müssen die Einschränkungen und Verführungen des typischen Frauenbilds des zwanzigsten Jahrhunderts hinter sich lassen – all die verschiedenen „Reize" und „Kniffe" des weiblichen Wesens. Frauen, die überwinden wollen, müssen Rebellion, Angst und Eifersucht kreuzigen. All diese Dinge müssen ans Kreuz geschlagen werden, damit Christus in ihrem Leben offenbar werden kann.

Damit sich die Männer im Leib Christi nicht in falscher Sicherheit wiegen: Wir sagen damit nicht, die Frauen müßten wie Männer werden. Gott bewahre! Nein! Denn auch die Männer müssen über ihre Rebellion gegenüber Gott Buße tun, über ihre geistliche Verantwortungslosigkeit und die unzähligen Ausdrucksformen ihres fleischlichen Wesens wie z.B. Spiellust und -sucht, Ehrgeiz und Herrschsucht.

Ein „Sohn", wie Paulus sagt, ist **„nicht Mann und Frau"** (Gal 3,28). Die Söhne Gottes sind Menschen, die **„Christus angezogen"** haben (V. 27). Sie haben sich ihm voll und ganz untergeordnet; in ihm finden sie sich selbst. Sie sind kühn und dennoch sanftmütig, frei und dennoch Sklaven, kompromißlos, was ihre Vision betrifft, und dennoch den Schwachen gegenüber tolerant. Um unabhängig vom Geschlecht den „Vorhof der Frauen und Heiden" hinter uns zu lassen, müssen wir alle die Betrügereien unseres fleischlichen Wesens ablegen und in die Gegenwart Gottes eintreten. Wir müssen in unserem Geist zu **„einem heiligen Tempel im Herrn"** werden, zu einer **„Behausung Gottes im Geist"** (Eph 2,21-22).

In der Endzeit werden etliche ganz bewußt im Zelt Gottes im Himmel wohnen, obwohl sie noch hier auf Erden leben. Ihr Schatz ist die Person Jesus Christus, und wo ihr Schatz ist, da ist auch ihr Herz (vgl. Mt 6,21).

Doch am Ende dieses Zeitalter wird es auch solche geben, die sich zwar zum Christentum bekennen, aber die Gebote, Verheißungen und Warnungen Christi nie wirklich ernst genommen haben. Als die Zeit des Gerichts kam, wurde offenbar, daß sie sich nicht auf Gott vorbereitet hatten.

Mein Dienst an Christus verlangt von mir, daß ich Sie unbedingt warne: Unser Meister kommt zurück und fordert von seiner Gemeinde, daß sie rein ist und sich vorbereitet hat. Doch gleichzeitig haben wir seine unerschütterliche Verheißung: einen Ort des Schutzes, erhaben und sicher, voller geistlicher Autorität und Vollmacht. Der Ort der Bewahrung ist die Gegenwart Gottes; wer am Altar Gottes anbetet, findet dort diesen Ort der Bewahrung.

Herr, ich lasse mich so leicht ablenken und vergeude so viel Zeit und Kraft mit den Dingen des Alltags. Meister, ich will nur eines: in deinem Haus wohnen, solange ich lebe, die Schönheit des Herrn sehen und in deinem Tempel nachsinnen.

Ich entscheide mich hier und jetzt, anbetend zu deinem Thron hinaufzusteigen. Ich beschließe hier und jetzt, mit deiner Herrlichkeit vor Augen zu leben. Voller Freude betrete ich den Ort der Bewahrung bei dir. Amen.

Ein Wort zum Schluß

Widerwillig schließe ich den ersten Band unserer zweiteiligen Betrachtung über den Schutz Gottes ab. Ich sage „widerwillig“, weil die Bibel vor Verheißungen göttlichen Schutzes förmlich überquillt. In diesem ersten Band konnte ich lediglich einen groben Überblick geben. Studieren Sie selbst die Verheißungen Gottes für all jene, die ihn fürchten oder für jene, die aufrecht, demütig und weise vor ihm wandeln.

Der zweite Band wird einen eher kämpferischen Grundtenor haben. Ein Schwerpunkt wird siegreiches Gebet sein, und überdies werden wir die Taktiken des Feindes noch genauer unter die Lupe nehmen. Doch unser Ausgangspunkt ist jene herrliche Festung – der Ort der Bewahrung, denn genau hier haben wir gelernt, Christus anzuziehen, und Christus ist die ganze Waffenrüstung Gottes. Er selbst ist unser Ort der Bewahrung.

Band 2

Das göttliche Gegengift

Christus – das Mittel gegen jeden Fluch

Einführung

Eine Frau, die im Bereich der Zauberei aktiv gewesen war, gab ihr Leben dem Herrn, zog nach Iowa und besuchte regelmäßig unseren Gottesdienst. Im Verlauf unserer ersten Unterhaltung erzählte sie mir etwas Bemerkenswertes. Sie sagte: *„Wissen Sie, als ich noch in der Zauberei drinsteckte, versuchte jeder Satanist, den ich kannte, Sie täglich zu verfluchen."*

Sie berichtete, daß eine Liste mit zehn geistlichen Leitern der USA an die satanistischen Zirkel Nordamerikas verteilt worden wäre mit dem Ziel, diese Männer zu verfluchen. Und weil ich mich mit geistlichem Kampf befaßte und der Herr diesen Dienst benutzte, um Christen im gemeinsamen Gebet für ihre Städte zu vereinen, stand auch mein Name auf dieser Liste.

Nach unserer Unterhaltung rief ich einen Mann an, der früher im ganzen Land als Okkultist bekannt gewesen war, jedoch vor kurzem zu Christus gefunden hatte. Ich fragte ihn, ob es stimmte, daß Satanisten versuchten, mein Leben zu verfluchen. Er konnte dies bestätigen und erwähnte, daß er vor seiner Bekehrung selbst aktiv an diesem Unterfangen teilgenommen hätte.

Lachend und zugleich erstaunt nahm ich dies zur Kenntnis und sagte: *„Ich finde es höchst erstaunlich, daß tausende, vielleicht zehntausende Satanisten mich Tag für Tag verfluchen, während gleichzeitig in meinem Leben der Segen Tag für Tag zunimmt!"* Ich wollte noch Elias Worte *„Ihr Gott ist sicher in Gedanken oder er ist auf der Reise"* zitieren, doch bevor ich etwas sagen konnte, fiel mir mein Gegenüber ins Wort: *„Diese Satanisten haben immense Kräfte. Unterschätzen Sie deren Möglichkeiten nicht. Und nur weil Sie in so enger Gemeinschaft mit dem Herrn leben, können Ihnen diese Flüche nichts anhaben."*

„In enger Gemeinschaft mit dem Herrn leben" – das ist das Thema dieses Bandes und an sich schon das göttliche Gegengift, nicht nur gegen satanische Flüche, sondern gegen alle Widrigkeiten des Lebens. Ich weiß, daß er mich vor Unheil beschützt, weil ich danach strebe, ganz eng neben Jesus zu gehen.

Ich behaupte nicht, ich wäre immun gegen satanische Angriffe; das wäre Anmaßung, keine Unverletzbarkeit. Ich weiß, daß es Bereiche in meinem Herzen gibt, wo mich der Feind packen könnte. Deshalb weiß ich auch, daß ich mich am besten gegen den Teufel verteidigen kann, indem ich mir stets ein demütiges Herz vor dem Herrn bewahre.

Einerseits bin ich mir dessen bewußt, daß in meinem Leben jede Tugend zusehends wächst; andererseits erkenne ich auch, daß Gott mir eine besondere Gnade gegeben und mein Herz auf den geistlichen Kampf vorbereitet hat. Ich weiß, daß der Segen des Herrn meine Seele gegen den Feind abschirmt und seine Güte ein Zufluchtsort für meine Familie, meine Gemeinde und in gewissem Maße auch für meine Stadt geworden ist.

Und selbst wenn es dem Feind gestattet wurde, mein Leben unter die Lupe zu nehmen, benutzte Gott diese Zeiten, um mich für den Krieg zu schulen. In genau den Bereichen, in denen Satan mich vernichten wollte, erlebe ich jetzt die Salbung Gottes, um andere zu lehren, wie man überwindet. Der Vater war stets treu und hat mich in seinem Triumphzug in Christus mitziehen lassen.

Ich rühme mich des Herrn, denn die Kraft des göttlichen Segens ist unendlich viel stärker als die Kraft satanischer Flüche. Der Herr ist treu und gibt mir immer wieder sein *göttliches Gegengift*, das die Anschläge des Feindes zunichte macht. Inmitten gewaltiger Konflikte führte der Herr meine Seele immer wieder an den *Ort der Bewahrung*. Er legte mir auch die Last aufs Herz, andere darin anzuleiten.

Francis Frangipane

Teil 1:
Siegreiches Gebet

1

Rechtlicher Schutz

Der Glaube ist mehr als ein Lehrgebäude

Vor ungefähr zweitausend Jahren erging ein Erlaß vom Richterstuhl Gottes. Er bot dem Leib Christi einen „rechtlichen" Schutz vor dem Teufel: Als Jesus für unsere Sünden starb, wurde der **„Fürst dieser Welt"** gerichtet; unsere Schulden wurden an das Kreuz Jesu genagelt und getilgt, und Gewalten und Mächte wurden entwaffnet (vgl. Joh 16,11; Kol 2,13-15). Aufgrund des Erlösungswerks Jesu haben wir das „Recht", nicht nur vor unserem Feind geschützt zu werden, sondern auch über ihn zu triumphieren.

Das Opfer Christi war so umfassend und der Schiedsspruch Gottes gegen Satan so bestimmt und folgenschwer, daß damit ein göttlicher Schutz erwirkt wurde, der ausreicht, um den ganzen Leib Christi (also auch in Ihrer Stadt) zu bewahren (vgl. Offb 3,10).

Der Tod Christi ist die Rechtsgrundlage, auf der sich der Leib Christi in den geistlichen Kampf begibt; sein Wort ist das ewige Schwert, das wir gegen das Böse zücken. Vor diesem Hintergrund muß jedoch gesagt werden, daß der Leib Christi seit dem ersten Jahrhundert nur sehr selten diesen Sieg hatte. Warum? Die Antwort lautet: *Um den Schutz Christi zu genießen, muß sich die Gemeinde die Fürbitte Christi zu eigen machen.* Wir müssen zu einem Haus des Gebets werden.

Schließlich begann die Kirchengeschichte damit, daß die Leiterschaft im Wort Gottes und im Gebet verharrte (vgl. Apg 2,42; 6,4). Die Leiter trafen sich *jeden Tag*, um zu beten und geistliche Dienste zu leisten (vgl. Apg 2,46). Nie wieder hatte der Leib Christi so viel Vollmacht und Befähigung, echte Jünger zu machen, als zu jener Zeit, in der seine Vision klar und seine Ziele einfach waren. Diese Männer und Frauen offenbarten die Reinheit des Reiches Gottes.

Im Gegensatz dazu gilt heutzutage fast alles außer der Hingabe an das Wort Gottes und das Gebet als Qualifikation für geistliche Leiterschaft. Von einem Leiter erwartet man Organisationstalent, seelsorgerliche Fähigkeiten und ein gewinnendes Wesen, damit er schon allein durch seine Ausstrahlung die Menschen ziehen kann.

Die folgende Frage Jesu in Lukas 18,8 erschüttert unsere modernen Traditionen: **„Doch wird wohl der Sohn des Menschen, wenn er kommt, den Glauben finden auf der Erde?“** Damit warnt er all jene Christen, die die Kraft Gottes am Ende der Zeit begrenzen wollen. Jesus fordert uns auf, uns der Bremswirkung unserer Traditionen zu widersetzen; er fragt jeden einzelnen von uns: *„Werde ich bei dir Glauben finden?“*

Bevor wir auf diese Frage reagieren, sei darauf hingewiesen, daß Jesus diesen „Glauben“ mit „Gebet rund um die Uhr“ in Verbindung bringt (vgl. Lk 18,7). Er fragt uns nicht: *„Werde ich bei dir die richtige Lehre finden?* Mit seiner Frage zielt der Herr nicht so sehr auf die rechte Überzeugung als auf den rechten Glauben ab. *Was* wir glauben, ist wichtig, doch *wie* wir glauben, ist von entscheidender Bedeutung, wenn wir uns der Hilfe Gottes sicher sein wollen.

In seinem Gleichnis in Lukas 18 geht es Jesus genau um diese Frage, wie wir in den Genuß der übernatürlichen Hilfe Gottes kommen können. Er möchte aufzeigen, daß wir **„allezeit beten und nicht ermatten sollten“** (V. 1). Um zu veranschaulichen, welchen Glauben er bei seinen Nachfolgern sehen möchte, verdeutlicht er diese Ermahnung mit einem Gleichnis von einer Witwe, die einen hartherzigen Richter um „rechtlichen Schutz“ bittet (V. 3). Obwohl sich der Richter anfangs weigerte, bekam sie, was ihr rein rechtlich zustand, weil sie ihm immer wieder **„Mühe machte“** (V. 5).

Wenn schon ein ungerechter Richter dem Drängen der Witwe nachgibt, so meint Jesus am Ende des Gleichnisses, sollte Gott **„das Recht seiner Auserwählten nicht ausführen, die Tag und Nacht zu ihm schreien, und sollte er es bei ihnen lange hinziehen? Ich sage euch, daß er ihr Recht ohne Verzug ausführen wird. Doch wird wohl der Sohn des Menschen, wenn er kommt, den Glauben finden auf der Erde?“** (vgl. Lk 18,1-8)

Verstehen, warum Gott Dinge hinauszögert
Unser himmlischer Richter wird es bei seinen Auserwählten nicht „lange hinziehen", aber er *wird* es hinziehen. Unter **„ohne Verzug"** versteht Gott oft etwas anderes als wir. Verzögerungen sind Teil des göttlichen Gesamtplans: Sie lehren uns, beharrlich zu sein. Die Ausdauer ist von so entscheidender Bedeutung für unsere Charakterentwicklung, daß Gott sogar bereit ist, auch wichtige Gebetserhörungen hinauszuzögern, nur um damit unsere innere Umgestaltung zu fördern.

Deshalb sollten wir auch göttliche Verzögerungen nicht als Zeichen göttlichen Widerwillens deuten. Verzögerungen dienen dazu, unseren Glauben vollkommen zu machen. Christus möchte an uns einen Glauben sehen, der so hartnäckig und ausdauernd ist, daß er trotz aller Verzögerungen und Rückschläge die Oberhand behält. Er will eine Beharrlichkeit in uns bewirken, die auch langen Prüfungen standhält, eine Entschlossenheit, die *durch Verzögerungen sogar noch fester wird.* Dieser beharrliche Glaube rührt das Herz des Vaters an, so daß er, wie der Richter im oben erwähnten Gleichnis, seinem Volk „rechtlichen Schutz" gewährt.

Verzweiflung bewirkt Veränderung
Es ist schon bezeichnend, daß Jesus seine Auserwählten mit einer Witwe vergleicht, die von einem Widersacher hart bedrängt wird. Dieses Bild hat jedoch etwas Befreiendes an sich, da wir ja dazu neigen, uns unter einem „Glaubenshelden" stets jemanden wie David oder Josua vorzustellen, Menschen, die so erfolgreich sind, daß man ihre farblose, unscheinbare Anfangszeit völlig vergißt. Doch jeder Diener Gottes hatte wie die Witwe ein Vorleben, eine Zeit, in der er stets Entschuldigungen parat hatte und immer einen Vorwand fand, um klein beizugeben.

Schauen Sie sich nur die Witwe an: Sie hätte gute Gründe, das Handtuch zu werfen, aber sie „bleibt dran". Obwohl Sie sich in einem niedrigen Stand befindet, läßt sie sich das ihr zur Verfügung stehende Potential nicht vorenthalten. Sie entschuldigt sich nicht dafür, daß sie wenig Geld, Wissen oder Ausstrahlung hat. Sie sucht sich keine Rechtfertigung dafür, daß sie das Ziel nicht erreicht hat, und bringt ihre Sache ohne Scham vor den Richter; sie erbittet und bekommt, was ihr zusteht, nämlich rechtlichen Schutz vor ihrem Feind.

Wie erklärt sich diese Charakterstärke der Witwe? Wir können uns gut vorstellen, daß sie aufgrund der Rücksichtslosigkeit und des Drucks, den ihr Gegner ausübte, oft verzweifelt war – und diese Verzweiflung schlug in ihrem Leben letztlich positiv zu Buche. Denn die Verzweiflung ist der Hammer Gottes: Sie zerstört das Bollwerk der Angst und sprengt die Ketten unserer Entschuldigungen und Vorwände. Sobald die Verzweiflung stärker wird als unsere Ängste, kommen wir vorwärts.

Wenn in unserer Zeit viele Christen nach mehr Einheit und Gebet streben, liegt das nicht an der herrlichen Gemeinschaft mit den Glaubensgeschwistern, sondern eher an Angriffen des Feindes. Wir sind oft verzweifelt. Christen, die Gottes Herz berühren möchten und zwar nicht nur wegen einiger Grundwahrheiten, brauchen viel dringender durch Verzweiflung gewirkte Einheit als Einheit in Lehrfragen.

Führen Sie sich nur vor Augen, wie tief die Moral in unserer Kultur schon gesunken ist: Während Sie dieses Kapitel lesen, werden in Amerika zehn Babys abgetrieben. Auf der Grundlage aktueller Statistiken erwartet man in den USA 34 Millionen Straftaten in diesem Jahr. Fast 600 000 davon werden Gewaltverbrechen sein und 72 Prozent davon werden sich gegen *Teenager* richten. Wo werden die amerikanischen Teenager heutzutage am häufigsten angegriffen, vergewaltigt oder umgebracht? Die meisten Gewaltakte gegen amerikanische Teenager geschehen an den Schulen!

Die Auserwählten Gottes

Unsere Nation erlebt einen drastischen sozialen und moralischen Verfall. Sollten wir je die Salbung Gottes gebraucht haben, dann jetzt – doch wo sind die Auserwählten Gottes? Wo ist das Volk das, wie Daniel sagt, **„... seinen Gott kennt [und] sich stark erweisen und entsprechend handeln [wird]“** (Dan 11,32)?

Gibt es denn keinen, der göttliche Kraft hat und die Goliats unserer Zeit zu Fall bringen kann? Vielleicht suchen wir am falschen Ort nach diesen Leuten. Vielleicht brauchen wir nur bei uns zu Hause in den Spiegel zu schauen. Wenn Sie an Jesus glauben und verzweifelt nach Gott suchen, haben Sie sich schon als Auserwählter Gottes qualifiziert. Vergessen Sie nicht, daß in dem bereits zitierten Gleichnis die *Witwe* für die Auserwählten Christi steht!

Wir hatten irrtümlicherweise angenommen, die Auserwählten Gottes würden vom Feind nie angegriffen, geschweige denn, in Verzweiflung und „Gebet rund um die Uhr" gestürzt werden. Doch diese Verzweiflung ist sehr oft der Schmelztiegel, in dem die Auserwählten Gottes geläutert werden. Jesus veranschaulicht diesen Zusammenhang symbolhaft anhand der Witwe; er zeigt, auf welchem Wege seine Auserwählten am Ende der Zeit in der Schlacht die Oberhand behalten werden.

Wenn alles vorbei ist, könnte diese Witwe nicht nur eine Einzelperson, sondern eine Gemeinschaft gewesen sein, gleichsam eine „Witwengemeinde", die sich in Christus eins macht, um zielstrebig und aus Verzweiflung um Schutz vor dem Feind bittet.

Wir brauchen den „rechtlichen Schutz", den eine landesweite Erweckung mit sich bringt. Doch ohne unser beharrliches Gebet wird sie nicht kommen. Sie fragen vielleicht: „Aber wurde damals für die Charismatische Bewegung gebetet?" Der Herr sprach zu meinem Herzen, daß die Charismatische Bewegung seine Antwort auf die Hilferufe von Millionen betender Mütter gewesen sei, die sich weigerten, ihre Kinder den Drogen und dem Teufel zu überlassen.

Wir müssen beten. Wir sind die Witwe, die sich keine Rechtfertigung dafür suchen darf, daß sie das Ziel nicht erreicht hat; Gott wird unser 24-Stunden-Gebet erhören. Treten wir vor seinen Thron. Er wird uns ganz gewiß rechtlichen Schutz in unseren Städten gewähren.

Himmlischer Vater, vergib uns, daß wir so wenig beten und unser Versagen immer wieder rechtfertigen. Herr, wir danken dir dafür, daß du uns verzweifeln läßt. Hilf uns jetzt, beharrlich zu sein und den „rechtlichen Schutz" zu erlangen, den du uns gegen unseren Feind bietest. Im Namen Jesu. Amen.

„Ich sah, wie die Zeit anbrach ...“

Ich sah, wie dieses Horn gegen die Heiligen Krieg führte und sie besiegte, bis der, der alt an Tagen war, kam und das Gericht den Heiligen des Höchsten gegeben wurde und die Zeit anbrach, daß die Heiligen das Königreich in Besitz nahmen.

– Daniel 7,21-22 –

2

Gebet rund um die Uhr

Gott hat ein Gegengift für alles, was am menschlichen Wesen krank und fehlerhaft ist; dieses Heilmittel ist Jesus Christus. Wenn wir Not oder Verletzungen in der Seele unserer Gemeinschaften, Gemeinden, Orte und Städte sehen, müssen wir Christus gleichsam als Gegenmittel verabreichen.

Der Herr hat es so eingerichtet, daß ein konkreter Faktor unsere gottgegebene geistliche Unantastbarkeit einschränken darf: *Der Geist Christi, der uns vor dem Feind schützt, macht uns auch verletzbar für die Nöte unserer Mitmenschen.* Denn es steht geschrieben: **„Wenn ein Glied leidet, so leiden alle Glieder mit ..."** (1 Kor 12,26). Deshalb macht uns Gott eins mit anderen Menschen, um unsere Liebe zu vervollkommnen; und deshalb läßt er es zu, daß wir uns indirekt mit dem Leid derer identifizieren, die uns am Herzen liegen, um dem Gebet mehr Kraft zu verleihen.

Wenn wir aufhören zu lieben, werden wir auch nicht mehr beten; die Liebe ist die Schubkraft der Fürbitte. Sind Sie beim Beten müde oder unentschlossen? Denken Sie an die Liebe, die Gott Ihnen ins Herz legte, sei es für Ihre Familie, Ihre Gemeinde, Ihre Stadt oder Ihre Nation. Durch diese Liebe werden Sie sich mit denen identifizieren, die Sie lieben; diese Liebe wird Ihr Gebet neu beleben, und das Gebet wird die Menschen beleben, die Sie lieben.

Denken Sie nur an Daniel. Daniel liebte Israel. Er liebte den Tempel. Obwohl sich Daniel nicht der Sünden Israels mitschuldig gemacht hatte, war sein Gebet Ausdruck seiner Identifikation mit der Nation. Daniel ging in Sack und Asche und suchte den Herrn unter Beten und Flehen. Er betete:

> **„Ach, Herr, du großer und furchtbarer Gott, der Bund und Güte denen bewahrt, die ihn lieben und seine Gebote halten! Wir haben gesündigt und haben uns vergangen und haben gottlos gehandelt, und wir haben uns aufgelehnt und sind von deinen Geboten und**

von deinen Rechtsbestimmungen abgewichen.“ (Dan 9,4-5)

Hatte Daniel selbst gesündigt? Nein, aber aufgrund seiner Liebe zu und seiner Identifikation mit Israel war seine Buße legitim. Noch dazu betete Daniel treu jeden Tag für Israel; sein ganzes Leben lang betete er für die Wiederherstellung der Nation. Führen Sie sich das einmal vor Augen: Nach einem oder zwei Jahren ist es mit unserer Treue oft nicht mehr weit her. Doch Daniel war treu – jeden Tag seines Lebens!

Daniel ließ sich auch nicht einschüchtern, als König Darius ein Gesetz verabschiedete, das den Bürgern verbot, Bitten an einen Gott oder Menschen außer dem König selbst zu richten (vgl. Dan 6,8-10). Wir lesen, wie er reagierte:

> **„Sobald nun Daniel erfuhr, daß die Verordnung ausgefertigt war, begab er sich in seine Wohnung, wo er in seinem Obergemach Fenster hatte, die nach Jerusalem hin offenstanden; er warf sich dort täglich dreimal auf die Knie nieder, verrichtete sein Gebet und seine Lobpreisung vor seinem Gott ganz so, wie er es auch vordem regelmäßig getan hatte.“** (Dan 6,10; Menge)

Daniel war unter den ersten Israeliten, die nach Babylon verbannt wurden. Vor dem Hintergrund der schrecklichen und traumatischen Erfahrung, daß die eigene Gesellschaft zerstört und die Überlebenden deportiert werden, ist es sehr gut vorstellbar, daß Daniels Eltern dem Jungen das Gebet Salomos eingeprägt hatten, das die Voraussetzungen für eine Wiederherstellung beschreibt:

> **„Wenn dein Volk Israel vor dem Feind geschlagen wird, weil sie gegen dich gesündigt haben, und sie kehren zu dir um und preisen deinen Namen und beten und flehen zu dir um Gnade in diesem Haus, dann höre du es im Himmel und vergib die Sünde deines Volkes Israel; und bring sie in das Land zurück, das du ihren Vätern gegeben hast!“** (1 Kön 8,33-34)

Aus diesem Grund betete Daniel seit seiner Jugend jeden Tag dreimal. Fast *siebzig Jahre lang* betete er beharrlich weiter, bis sich die Prophetie des Jeremia erfüllte!

Daran sieht man, daß das Werk des Herrn Zeit braucht. Wie lange sollten wir beten? Soviel Zeit das Werk des Herrn braucht, solange beten wir. Denken Sie an Anna, die ungefähr *sechzig Jahre lang* dem Herrn mit Gebet und Fasten im Tempel diente und zu ihm schrie, bis er den Messias sandte; oder an Kornelius, dessen **„Gebete und ... Almosen hinaufgestiegen [sind] zum Gedächtnis vor Gott“** (Apg 10,4). Wir haben nicht verstanden, welche Verantwortung und welches Vorrecht Gott einem Menschen gibt, der am beharrlichen Gebet festhält. Warum wurden diese Helden des Gebets nicht müde? Sie liebten Gott und sein Volk.

Lektionen, die uns viel kosten

Während eine Erweckung oft durch die Liebe und Fürbitte einer einzigen Person ausgelöst wird, gibt es auch eine Zeit, in der viele die Gebetslast auf sich nehmen und miteinander tragen müssen. Es reicht nicht aus, daß Gott einem einzelnen die Gnade schenkt, ein Mann oder eine Frau des Gebets zu werden; der Herr möchte aus seiner ganzen Gemeinde ein Haus des Gebets machen.

So oder so will Gott aus uns allen Fürbitter machen. Das Wort Gottes lehrt uns, daß Gebet unentbehrlich ist und oberste Priorität hat. Auch die Siege und Niederlagen anderer Christen lehren uns, wie notwendig es ist zu beten. Es gibt auch einen sehr beschwerlichen Weg, die Notwendigkeit des Gebets zu lernen: Wir beten nicht und werden von den Konsequenzen eines Besseren belehrt.

Etliche Christen werden diese Lektionen teuer bezahlen. Und wir werden nicht dem Teufel die Schuld in die Schuhe schieben können, wenn wir mit unserer Nachlässigkeit im Gebet die *eigentlichen* Schuldigen sind. In Extremfällen wird der Herr sogar eine Tragödie zulassen, um die Dringlichkeit und Vorrangstellung des Gebets zu unterstreichen. Die folgende Begebenheit aus der Apostelgeschichte verdeutlicht, wie wichtig es ist, kontinuierlich ein intensives Gebetsleben zu haben und sensibel für Veränderungen in geistlichen Kämpfen zu sein. Die Geschichte zeigt auch, daß gewaltige Kraft freigesetzt wird, wenn der gesamte Leib Christi einer Stadt gemeinsam betet.

Drei Jünger zählte man sozusagen zum „engeren Kreis" der Nachfolger Christi: Petrus, Jakobus und Johannes. Lukas berichtet von einem schrecklichen Ereignis im Leben der ersten Christen – die Ermordung des Jakobus durch Herodes. Bis zu jenem Zeitpunkt standen die Leiter der Gemeinde unter geistlichem Schutz. Aber sie hatten nicht erkannt, daß die satanischen Angriffe jegliches Maß und Ziel verloren hatten, was zur Folge hatte, daß Jakobus, ein Apostel, der bei Christus auf dem Berg der Verklärung gewesen war, enthauptet wurde.

Die abscheuliche Ermordung des Jakobus schockierte die Urgemeinde. Wieso mußte dieser gesalbte Apostel so früh sterben? Wo war der Schutz Gottes? Vielleicht könnte man es so erklären: Der Herr setzte seinen *auf seiner Souveränität beruhenden Schutz* aus, um die Gemeinde an den Punkt zu bringen, an dem sie einen *auf Fürbitte beruhenden Schutz* bekäme.

Weil die Juden am Tod des Jakobus Gefallen hatten, warf Herodes auch noch Petrus ins Gefängnis, mit der Absicht, ihn nach dem Fest der ungesäuerten Brote ebenso zu ermorden. Die Bibel sagt über jene Zeit: **„Petrus nun wurde im Gefängnis verwahrt; aber von der Gemeinde geschah ein anhaltendes Gebet für ihn zu Gott"** (Apg 12,5). Andere Bibelübersetzungen reden davon, daß die Gemeinde „beständiges", „ernsthaftes" oder „feuriges" Gebet vor Gott gebracht hätte. *Die gesamte Jerusalemer Gemeinde betete ernsthaft, feurig und beständig für Petrus!*

Diese aggressive Fürbitte hatte zur Folge, daß Petrus auf übernatürliche Weise befreit, seine Gefängniswachen hingerichtet und Herodes selbst einige Zeit später von einem Engel des Herrn getötet wurde. *Als der gesamte Leib Christi in der Stadt fortwährend Tag und Nacht betete, schenkte Gott Befreiung!*

In den vielen Jahren meines geistlichen Dienstes habe ich Menschen, Gebetsgruppen und sogar ganze Denominationen kennengelernt, die in unterschiedlicher Manier rund um die Uhr beten. Ich habe an Gebetsketten und Gebetswachen teilgenommen. Aber ich habe noch nie erlebt, daß einmal alle Christen einer Stadt ihre geringfügigen, lehrmäßigen Unterschiede beiseite gelegt und die Verheißung Gottes ernst genommen hätten.

Wenn sich die Gemeinden eines Orts oder einer Stadt wirklich zusammentun und zu einem Haus des Gebets werden, wird Gott den gesamten Leib Christi mehr und mehr unter den Schirm seines Schutzes führen; und er wird ihr Recht „ohne Verzug ausführen“ (vgl. Lk 18,8).

Herr, stell deine Liebe unter und in uns wieder her. Dein Wort sagt, daß die Liebe alles erträgt und erduldet. Meister, wir wissen, daß wir vieles nicht ertragen und erduldet haben. Wir werden schwach, weil wir die Liebe aus den Augen verlieren. Meister, durch deine Gnade möchten wir uns mit den Menschen, die wir lieben, identifizieren und dann beharrlich am Gebet festhalten, bis du sie berührst. Wir wollen zudem weiterhin auf dem Weg gehen, den du uns führst, bis alle Christen in unserer Stadt im Gebet zu dir schreien. Hilf uns, Vater, zu erkennen, wie außerordentlich wichtig das Gebet ist. Im Namen Jesu. Amen.

„Ich werde mich von euch finden lassen“

Denn ich kenne ja die Gedanken, die ich über euch denke, spricht der Herr, Gedanken des Friedens und nicht zum Unheil, um euch Zukunft und Hoffnung zu gewähren. Ruft ihr mich an, geht ihr hin und betet zu mir, dann werde ich auf euch hören. Und sucht ihr mich, so werdet ihr mich finden, ja, fragt ihr mit eurem ganzen Herzen nach mir, so werde ich mich von euch finden lassen, spricht der Herr.

– Jeremia 29,11-14 –

3

Erst Buße, dann Erweckung

Eine echte Erweckung fällt nicht einfach vom Himmel. Es gibt Bedingungen, die unser Herz erfüllen muß, bevor der Herr sein Volk besucht.

Wir müssen uns nach Befreiung, nicht nur nach Erleichterung sehnen

Heutzutage versuchen geistliche Dienste allzuoft, Menschen zu befreien, die nicht bereit sind, über ihre Sünden Buße zu tun und die in ihren Herzen nicht zu Gott um Hilfe schreien. Das hat zur Folge, daß jene, für die man betet, in begrenztem Maße Erleichterung erleben, aber schon bald darauf wieder in Sünden und Schwierigkeiten zurückfallen. Der Schlüssel zu erfolgreicher Befreiung liegt darin, vor dem Gebet um Befreiung zu erkennen, ob jemand wirklich *bereit* und *willens* ist, befreit zu werden. Tut der Betroffene Buße? Hat er seine Götzen auf den Müll geworfen? Kehrt sein Herz wirklich zu Gott um?

Gott verfährt diesbezüglich mit Gemeinden und Städten genauso wie mit Einzelpersonen: So wie der Herr jeden von uns erst dann befreit, wenn wir zu ihm um Hilfe schreien, wird der Krieg um unsere Gemeinden und Städte erst dann gewonnen werden, wenn viele von uns im Gebet zu Gott schreien. Christus möchte die Gemeinden einer Stadt ins Gebet führen, um auf diese Weise in ihnen Herzenshaltungen zu bewirken, auf die der Allmächtige reagieren kann.

Ohne das Grundgerüst des Betens und Schreiens vor Gott sind Befreiung, „Binden und Lösen" sowie andere Formen geistlichen Kampfs nur in einem stark eingeschränkten Ausmaß möglich. Der Schrift zufolge ist die Befreiung die letzte Stufe eines Prozesses, der in dem Augenblick beginnt, wenn ein Mensch aus Abscheu über seinen aktuellen Zustand anfängt, zu Gott um Hilfe zu schreien.

Die Befreier
Im Alten Testament lesen wir, nach welchem Muster Gott in Bezug auf Befreiung und Erweckung vorgeht: Als Reaktion auf die Gebete und das Leiden seines Volkes rief der Herr Befreier auf den Plan – einzelne Menschen, die von Gott gesalbt und ermächtigt wurden, die Feinde Israels zu besiegen.

Entscheidend dabei ist, daß die Effektivität dieser Befreier nie im Zusammenhang damit stand, ob sie selbst dieser Aufgabe würdig oder dafür hinreichend qualifiziert waren. Gott schickte sie zwar auf seine Initiative hin, aber andererseits fiel der Anfang ihres Wirkens zeitlich mit der Buße des Volkes zusammen – keine Buße, keine Befreiung. Als Israel zu Gott schrie, wurden die Befreier von Gott beauftragt und mit der Kraft des Heiligen Geistes gesalbt.

Die Grundzüge dieses alttestamentlichen Musters für Erweckung haben auch noch heute ihre Gültigkeit. In Städten, in denen Gebet und Buße aus tiefstem Herzen kommen und weit verbreitet sind, sehen wir vielleicht nicht so oft wirkliche „Befreier", dafür jedoch Erweckung.

Betrachten wir nun noch einige Details dieses alttestamentlichen Musters: Infolge nationaler Schuld wurde Israel besiegt und von fremden Mächten unterworfen. Unter der Herrschaft dieser fremden Mächte wurden Dämonen angebetet und das Herz Israels vom Feind verführt. Als Israel sich ganz offen den Gesetzen Gottes widersetzte, kam der wirtschaftliche, kulturelle und physische Niedergang des Volkes. Wo die Menschen früher den Segen Gottes genossen, wurde das Land nun von Verzweiflung und Elend heimgesucht.

In dieser Situation, als Menschen litten und aufrichtig und aus tiefstem Herzen zu Gott schrien, rief der Herr Befreier auf den Plan. Diese Personen führten ein *bußfertiges* Volk zum Sieg über ihre Unterdrücker; daraufhin machte sich echte Anbetung im Land breit, das Volk lebte wieder in Frieden und Wohlstand.

Man muß festhalten, daß der Weg zur Erweckung keinem festen Zeitplan folgte; es gab kein exaktes „Timing" für jeden einzelnen Schritt. Niemand kann vorhersehen, wie lange das Gericht dauern wird und wieviel Zeit vergeht, bis Buße das sündhafte Menschenherz so ausgehöhlt hat, daß Gott zufrieden ist. Eins ist jedoch gewiß: *Es wird immer länger dauern, als wir erwarten.* Das Entscheidende bei alledem ist, daß wir uns unsere Sünde eingestehen und zu Gott umkehren. Als die Umkehr der Nation zu Gott fix und unumstößlich war, ließ die Heilung des Landes nicht mehr lange auf sich warten.

Nehemia spricht davon, daß Buße die Voraussetzung für eine Befreiung des Landes schafft. Er betete:

> **„Da gabst du sie in die Hand ihrer Bedränger, die bedrängten sie. Und zur Zeit ihrer Bedrängnis schrieen sie zu dir, und du hörtest vom Himmel her, und nach deinen großen Erbarmungen gabst du ihnen Retter; die retteten sie aus der Hand ihrer Bedränger.“** (Neh 9,27)

Wir müssen diesem Prozeß Zeit geben und dürfen nichts überstürzen; wir dürfen uns auch nicht entmutigen lassen, wenn unsere Gebete nicht augenblicklich ein göttliches Eingreifen bewirken. Der Herr wartet, bis die Nation unter der Last ihrer Rebellion zusammenbricht. Doch eins soll uns ermutigen: Unsere Fürbitte ist die Erstlingsfrucht dessen, was später die Resonanz und Rückkehr einer ganzen Nation zum Allmächtigen sein wird!

Es wird Zeiten hektischer und aufgeregter geistlicher Aktivitäten geben, doch bevor eine ganze Nation Erweckung erlebt, wird eine ganze Nation zu Gott schreien. Diese von Nehemia als „Zeit ihrer Bedrängnis“ bezeichnete Phase wird erst dann ihren Höhepunkt – die Erweckung – erreichen, wenn die Nation einige Jahre lang zum Herrn geschrien hat.

Das Elend der Menschen, das Herz des Herrn

Im Buch der Richter finden wir wiederholt dieses Schema. Während Israel immer tiefer in die Sünde schlitterte, wartete Gott, bis die Last und die Konsequenzen dieser Sünde die Menschen demütigen würde. Er wartete, bis er sie zu sich zurückholte.

Dennoch stand der Herr nicht unbeteiligt daneben, sondern hatte Anteil am Gram der Israeliten. Sogar in ihrer Auflehnung fühlte er mit ihnen. Als **„... seine Seele ungeduldig [wurde] über das Elend Israels“**, sandte er ihnen Befreier (Ri 10,16). *Elend und Verzweiflung machten Israel bereit für den Herrn.*

Dieses Grundmuster begegnet uns auch, als der Herr aus dem Dornbusch zu Mose spricht:

> **„Gesehen habe ich das Elend meines Volkes in Ägypten, und sein Geschrei wegen seiner Antreiber habe ich gehört; ja, ich kenne seine Schmerzen. Darum bin ich herabgekommen, um es aus der Gewalt der Ägypter zu erretten ...“** (2 Mose 3,7-8)

Beachten Sie: Der Herr hat das Elend seines Volkes *gesehen*, sein Geschrei *gehört* und seine Schmerzen *gekannt*. Wenn Menschen in Not sind, ist Gott niemals fern. Ja, er trägt das Elend unserer Gesellschaft: Unsere Not bereitet ihm Not; unser Leid läßt ihn leiden.

Anhand der Stelle aus 2. Mose wird ersichtlich, daß Gott nicht nur die Gebete seines Volkes hörte, sondern dessen *Geschrei*. Es ist eine Sache, aus der Not heraus zu beten; es ist etwas ganz anderes, über eine Notsituation zu weinen. Gott tröstet die *Trauernden*.

Der Herr kannte das Elend und die Schmerzen des Volkes. Ein ununterbrochener Schrei, oftmals im „Elend“ und unter „Schmerzen“ (wie es z.B. in der ehemaligen Sowjetunion und in Teilen Afrikas und Asiens der Fall ist), ist ein Gebet, auf das Gott reagiert.

Vielleicht hat Gott noch nicht alle unsere Gebete erhört, weil sie nach wie vor in gemütlichem Rahmen und nach einem bestimmten Zeitplan vor ihn gebracht werden. Wie bereits gesagt, wurde die Charismatische Erneuerung wohl durch das fortwährende „24-Stunden-Gebet“ einer Million Mütter geboren. Sie entsprang nicht einer „Gebetsstunde“, sondern dem ununterbrochenen Geschrei von Müttern (und Vätern), die sich große Sorgen um ihre Kinder machten. Ihre Gebete waren keine religiöse Pflichterfüllung, sondern der Herzschlag ihres ganzen Seins. Ganz ohne die fein durchdachte Maschinerie des geistlichen Kampfs waren ihre Tränen und ihr Schreien und ihre Fürbitte permanent vor Gott, und er rettete ihre Kinder.

Vielleicht wird die Erweckung in unserer Zeit dadurch hinausgezögert, daß wir uns zwar Sorgen über den Zustand unserer Gesellschaft machen, deshalb jedoch nicht *am Boden zerstört* sind; wir sind wohl traurig, *weinen* jedoch noch nicht darüber.

Es muß jedoch gesagt werden, daß sich immer mehr Christen die Verletzbarkeit des Erbarmens Christi uneingeschränkt zu eigen machen. In ihrer Fürbitte tragen sie nicht nur die Nöte der Menschen, sondern auch deren Schmerzen. Sie setzten ihren Ruf, ihren Beruf, ja sogar ihr Leben aufs Spiel, nur um zu erleben, wie unsere Gesellschaft von ihren Sünden gereinigt wird.

Obwohl diese Fürbitter noch immer in der Minderheit sind, tragen sie den Schmerz ihrer Städte in ihrem Herzen. Sie hören den Schrei der Unterdrückten; sie kennen das Leid der Geborenen und der Ungeborenen. Gott ist bereit, auf ihre Gebete zu reagieren. Auf die „Wehen" ihrer Verzweiflung hin wird Gott Befreiung bringen.

Die betende Gemeinde sollte sich keine Zeit vorgeben, wie lange sie sich der Fürbitte widmen möchte. Gott will, daß wir ein *Leben* und nicht nur eine *Zeit* lang beten. Wenn wir uns von diesem Unterfangen abhalten lassen, weil es lange dauern kann, bis Veränderung kommt, ist das ein Zeichen dafür, daß die Vorbereitung in unseren Herzen noch nicht weitreichend genug war, um eine göttliche Intervention herbeizuführen.

Wie hängt all das mit Erweckung zusammen? Geistliche Erneuerung *ist* das göttliche Gegengift gegen Not und Elend unserer Städte und Nationen; sie ist Gottes Antwort auf all jene, die unablässig zu ihm um Hilfe schreien.

Herr, vergib uns, daß wir uns mehr nach Erleichterung als nach Befreiung ausstrecken, daß wir lieber eine Abkürzung nehmen als deinem vollkommenem Willen zu folgen. Meister, wir wissen, daß sich dein Herz dem aufrichtigen Schrei der Elenden nicht entziehen kann, daß du die Not deines Volkes nicht lange tatenlos ertragen kannst. Deshalb schreien wir heute zu dir! Sende uns noch einmal den Regen deiner Gegenwart! Reinige uns von unserer Gier nach Behaglichkeit, Bequemlichkeit und Apathie. Bring uns an den Punkt, an dem du deine Integrität wahren und unserem Land Erweckung schenken kannst! Wir beten zu deiner Ehre. Amen.

„Nichts soll euch irgendwie schaden!“

Er sprach aber zu ihnen: Ich schaute den Satan wie einen Blitz vom Himmel fallen. Siehe, ich gebe euch die Macht, auf Schlangen und Skorpione zu treten, und über die ganze Kraft des Feindes, und nichts soll euch irgendwie schaden.

– Lukas 10,18-19 –

4

Von Gott gesandt

Unsere Nation wird ihre Befreiung erleben, und wir erörterten bereits die grundlegenden Bedingungen, die eine Erweckung in Gang setzen. Dennoch ist es wichtig zu wissen, wodurch sich Leute, die der Herr schickt, auszeichnen, damit der Feind nicht die Gelegenheit hat, Wölfe im Schafspelz einzuschleusen und so das Wirken Gottes zu blockieren. Am Beispiel von Gideon wollen wir uns auf einer ganz allgemeinen Ebene die geistlichen Eigenschaften vor Augen führen, die der Herr in seinem Diener heranreifen läßt.

Erinnern wir uns, daß Gott Befreier auf den Plan rief, als das Land im Bann des Bösen und in der Hand des Feindes war. Obwohl der Dienst der Befreiung entscheidend dazu beitrug, Israel wieder zum Licht zu führen und Wohlergehen zu schenken, wurde er doch stets aus sozialer Finsternis und Traumata heraus geboren.

„Und es geschah, als die Söhne Israel wegen Midian zu dem Herrn um Hilfe schrieen, da sandte der Herr einen Propheten zu den Söhnen Israel ...“ (Ri 6,7-8). Wiederum begann die spätere Befreiung Israels damit, daß die Söhne Israel zum Herrn um Hilfe schrien.

Der Herr reagierte mit einem prophetischen Wort. Die prophetische Salbung geht über die bloße Lehre hinaus; sie verkündet die Absichten Gottes. Sie weist zudem auf Bollwerke der Sünde innerhalb des Volkes hin und bereitet die Gesellschaft auf eine Ausgießung des Geistes vor.

In diesem Fall war der Prophet nicht gleichzeitig der Befreier; er erinnerte Israel lediglich daran, daß es früher schon Befreiung erlebt hätte, und wiederholte das Gebot Gottes, das schon vielen Generationen zuvor gegolten hatte: **„Ich bin der Herr, euer Gott: Ihr sollt nicht die Götter der Amoriter fürchten, in deren Land ihr wohnt ...“** (V. 10).

Die **„Götter der Amoriter“** waren die dämonischen Mächte und Gewalten, die über die Länder in Kanaan herrschten. Die Sünden einer Gesellschaft stehen in Beziehung zu den Mächten der Finsternis. Als Israel Gott gehorchte, beherrschte der Geist Gottes die Himmelswelt über Israel. Als die Juden rebellierten, gewann der Feind die Kontrolle über die Nation durch die Sünden der Menschen; das Böse herrschte in der unsichtbaren Welt über Israel.

Die Götzen, in denen jene bösen Geister verehrt wurden, waren sichtbare Zeichen einer geistlichen Gebundenheit. Wenn Menschen einem Götzen etwas opfern, opfern sie es, wie Paulus sagt, den Dämonen (vgl. 1 Kor 10,20). Doch der Herr gebot den Israeliten, diese Dämonengötzen nicht zu fürchten. Das hebräische Wort für „fürchten" bedeutet „Ehrfurcht zeigen" oder „intellektuell oder emotionell einen kommenden Schaden vorwegnehmen". Wir werden den Feind nie besiegen, wenn wir uns vor seiner Vergeltung fürchten.

Ich möchte unbedingt darauf hinweisen, daß es ein Zeichen großer Weisheit ist, im geistlichen Kampf nicht überheblich zu werden. Niemand sollte leichtfertig oder gedankenlos sein, wenn er gegen finstere Mächte vorgeht. Doch wer sich im Gegensatz dazu vor dem Feind fürchtet, macht einen noch viel größeren Fehler. Satan hat tatsächlich ein „Recht", die unsichtbaren Einzugsbereiche der Sünde und der Rebellion zu besetzen. Doch wir sind angehalten, uns vor den „Göttern der Amoriter" oder, in unserem Fall, vor den „Mächten und Gewalten" über unseren Städten nicht zu fürchten.

Wenn Ihnen ein Bibellehrer sagt, Sie sollten die Mächte und Gewalten fürchten, dann dürfen Sie nicht fürchten, was er fürchtet. Sie sollten die Kraft des Feindes respektieren, aber es ist eine Sünde, in ständiger Angst vor diesen Dämonen zu leben. Israel mußte vierzig Jahre lang durch die Wüste ziehen, weil es sich vor den Riesen im verheißenen Land gefürchtet hatte. Der Herr hat uns Autorität über alle Macht des Feindes gegeben; er verheißt uns: **„Nichts soll euch irgendwie schaden"** (Lk 10,19).

Der Mann steht für den Plan

Der Prophet tadelte Israel, weil es sich vor den Göttern der Kanaaniter gefürchtet hatte. Dann machte sich der Herr selbst auf, Israel von seiner Angst zu befreien. Weil Gott gleichsam als

Auftakt zur Befreiung vieler immer zunächst einen einzelnen Menschen befreit, begann er mit Gideon.

Als der Engel des Herrn Gideon fand, versteckte sich dieser gerade vor den Midianitern. Dennoch grüßte er ihn mit den erstaunlichen Worten: **„Der Herr ist mit dir, du tapferer Held!"** (Ri 6,12) Die Vorbereitung dauert vielleicht Jahre, doch wenn der Herr einmal das Schwert zückt, handelt er rasch. Gott verschwendete keine Zeit, sondern kündigte seinem Mann gleich am Anfang an, wer er in Zukunft sein werde: *ein tapferer Held*.

Gideon wunderte sich zweifellos darüber, daß er der tapfere Held sein sollte, den der Engel grüßte. Hier haben wir gleich das erste Merkmal eines Menschen, den Gott gebrauchen möchte: *Er ist überrascht, ja sogar schockiert darüber, daß der Herr ihn berufen hat!* Er denkt sich nicht insgeheim, daß er gerne ein Held sein würde; er birgt in seinem Herzen nicht den Ehrgeiz, einmal hoch hinauf zu wollen. Er ist nicht einmal ein „geborener Leiter".

Man kann sich gut vorstellen, daß Gideon in seiner Angst meinte, da wäre noch jemand anderer neben ihm, ein **„tapferer Held"**, den er nicht sah. Auch in uns ist ein „tapferer Held", den wir oft nicht bemerken – der Herr der Heerscharen, von dem es heißt: **„Der, welcher in euch ist, [ist] größer als der, welcher in der Welt ist"** (1 Joh 4,4).

Bei ihrer ersten Begegnung stellte Gideon dem Herrn eine durchaus gerechtfertigte Frage: **„Bitte, mein Herr, wenn der Herr mit uns ist, warum hat uns denn das alles getroffen? Und wo sind all seine Wunder ...?"** (Ri 6,13) Jeder, der Gott wohlgefällig reagieren möchte, muß diese Frage stellen. Warum hat es den Anschein, als hätte uns der Herr im Stich gelassen? Wir müssen wissen, weshalb der Herr von uns und unserer Not meilenweit entfernt zu sein scheint, damit wir Buße tun und wiederhergestellt werden können.

Doch Gott hatte sein Volk nicht verlassen. Die Frage ist im Grunde überflüssig, denn da der Herr die Begegnung mit Gideon suchte, war die Zeit der Trennung ohnehin vorüber; die Zeit seines Eingreifens war gekommen.

„Da wandte sich der Herr ihm zu und sprach: Geh hin in dieser deiner Kraft und rette Israel aus der Hand Midians!

Habe ich dich nicht gesandt?" (V. 14) Gideon war der jüngste im Haus seines Vaters, und seine Familie war die geringste in Manasse. Woher hatte er seine Kraft? Wie sollte Gideon Israel retten? Gottes Diener bekommen ihre Kraft aus dem göttlichen Auftrag. Damit sind wir schon beim nächsten Merkmal eines wahren Dieners Gottes: *Da er von Gott gesandt ist, wirkt er in göttlicher Autorität.*

Erinnern wir uns daran, daß die Jünger von Jesus denselben Auftrag wie Gideon bekamen: **„Wie du mich in die Welt gesandt hast, habe auch ich sie in die Welt gesandt ..."** (Joh 17,18). Wen der Herr beauftragt, den bestätigt und unterstützt er auch; er wird mit seiner Kraft hinter all jenen stehen, die er sendet!

In diesem Augenblick wurden Gideon die Augen geöffnet, und er sah Gott. Weil er sich unwürdig fühlte, schrie er: **„Wehe, Herr! Wahrhaftig, habe ich doch den Engel des Herrn von Angesicht zu Angesicht gesehen!"** (V. 22) Doch der Herr sagte zu ihm: **„Friede sei mit dir! Fürchte dich nicht, du wirst nicht sterben"** (V. 23).

Gideon baute dem Herrn einen Altar und nannte ihn **„Der Herr ist Friede"** (V. 24). Wer sich seines Standes vor dem Herrn nicht sicher ist, kann auch dem Feind nicht wirklich entgegentreten; das ist die dritte Qualifikation eines Menschen, der von Gott gesandt wird: *Er hat Frieden mit Gott.* Bevor der Herr seine Diener ausschickt, müssen diese die Kraft seines Blutes kennen und wissen, daß ihre Sünden vergeben und sie aus Glauben gerechtfertigt sind. Wenn sie zum Himmel schauen, müssen sie wissen: **„Der Herr ist Friede"**.

Uns selbst, unsere Familien und unsere Städte!

Der Herr sagte: **„Reiße den Altar des Baal, der deinem Vater gehört, nieder und die Aschera, die dabei steht, haue um! Und baue dem Herrn, deinem Gott, einen Altar auf dem Gipfel dieser Bergfeste in der rechten Weise!"** (Ri 6,25-26)

Kaum hatte sich der Herr Gideon gezeigt, sandte er ihn auch schon aus, um den Altar des Baal niederzureißen und die Aschera umzuhauen. Dieser Altar stand zwar mitten in der Stadt, gehörte jedoch seinem Vater. Hier zeichnet sich eine bestimmte

Reihenfolge ab: Nachdem der Herr Gideon befreit hatte, sandte er ihn aus, um die Bollwerke in seiner Familie niederzureißen.

Dies ist das vierte Merkmal eines Gesandten Gottes: *Er wird dazu gesalbt sein, Ordnung zu schaffen.* Im allgemeinen beginnt diese Ordnung in seiner eigenen Familie. Sein Familienleben ist vielleicht nicht perfekt, folgt jedoch einer Ordnung. Gott macht sich große Sorgen über die *Un*ordnung im Leib Christi. Die Gesandten Gottes werden Versöhnung und Buße in die Wege leiten. Weil sie mit der Gnade und der Wahrheit Christi erfüllt sind, werden sie Einfluß und großes Ansehen haben. Doch der „Neuordnungsprozeß" beginnt in den überschaubaren, nicht öffentlichen Beziehungen innerhalb ihrer eigenen Familien.

Wir möchten jeden von Ihnen ermutigen, den Kampf um Ihre Stadt damit zu beginnen, daß Sie die Bollwerke innerhalb Ihrer eigenen Familie niederreißen. Führen Sie Ihre Familie ins Gebet, und bringen Sie durch das Gebet Heilung und Ordnung. Wenn Sie in dieser Vorbereitung nachlässig sind, wird der Feind stets eine offene Tür für einen Gegenangriff haben und Ihre Glaubwürdigkeit in Frage stellen können (vgl. 1 Tim 3,5).

Noch ein wichtiger Punkt: Das Niederreißen eines Bollwerks ist erst der halbe Sieg; an genau derselben Stelle müssen wir nun noch dem Herrn einen Altar bauen. War das Bollwerk zum Beispiel Angst, muß es nun durch einen Altar des Glaubens ersetzt werden. Wenn Bitterkeit vorhanden ist, muß Liebe an ihre Stelle treten. Auf eine ganze Stadt bezogen muß zum Beispiel Reinheit regieren, wo vorher Perversion herrschte und wo die Habsucht dominierte, muß nun die Großzügigkeit in den Vordergrund treten.

Nachdem Gideon den Baalsaltar seines Vaters niedergerissen hatte, kamen die Bewohner Ofras nicht, um ihm zu applaudieren und zu danken, sondern um ihn zu töten! Die dämonische Macht, die über dieses Gebiet herrschte, hetzte ihre Leibeigenen zum Kampf gegen den Diener Gottes auf! Doch Gideons Vater verteidigte seinen Sohn und sagte: **„Wenn Baal ein Gott ist, so mag er für sich selbst eintreten ..."** (Ri 6,31; Menge). Seien Sie sich dessen bewußt, daß es Leute geben wird, deren Denken dem Bösen, das Sie dem Auftrag Gottes zufolge vernichten sollen, so wohlgesonnen ist, daß sie sich sogar zugunsten des

Teufels aussprechen und ihn verteidigen werden! Sie müssen mit Widerstand rechnen – auch aus den Reihen der Christen!

Der Herr gebrauchte Gideon, um eine große Armee auf die Beine zu stellen, reduzierte diese jedoch prompt auf 300 Mann. Dies dürfen wir nie vergessen: Im Prozeß der Wiederherstellung werden wir immer den Eindruck haben, Gott hätte uns zu wenig Menschen oder Fähigkeiten gegeben, um die Aufgabe zu vollenden. Doch dieser Mangel ist gottgewollt. Und hier stoßen wir auf die letzte Eigenschaft der Gesalbten Gottes: *Da sie von Gott gesandt wurden, um seine Ziele zu erreichen, werden sie in letzter Konsequenz Gottes Volk mobilisieren, damit es sich seinen Feinden stellt und sie besiegt.*

Es ist bezeichnend, daß Gideon schließlich einen neuen Namen bekam: „Jerubbaal" – „Der mit Baal streitet". In der Bibel geht eine Namensänderung immer auch mit einer Wesensänderung einher. Aus dem furchtsamen Gefangenen Gideon wurde der furchtlose Kämpfer Jerubbaal.

Zusammenfassend läßt sich sagen: Als Antwort auf die Gebete und Schreie des Volkes Gottes kommt eine neue Salbung. In vielen Ländern erleben wir, wie einzelne Menschen ihr Leben hingeben und den Leib Christi in Buße und Gebet zusammenbringen. Aus ihren Reihen wird die Kraft erwachsen, die Gemeinden und Städte in eine Erweckung führen kann.

Gott selbst wird diese Leute senden. Sie werden sich nicht aufmachen, um irgendetwas „auszuprobieren"; sie werden vielmehr die ausdrücklichen Absichten Gottes in die Tat umsetzen. Was sie beschließen, wird geschehen. Sie werden ein bußfertiges Volk aus der Unterdrückung heraus- und in Gottes „Hilfsprogramm" für ihre Städte hineinführen – Erweckung!

Vater, bring deine Leute zusammen, damit sie beten und den verzweifelten Zustand ihrer Städte fühlen und tief in ihrem Innersten mit sich tragen und nachempfinden. Herr, ich sage wie Jesaja: „Hier bin ich, sende mich." Vergib mir meine Angst vor dem Feind. Herr, schenk deinen Dienern deine Salbung, damit wir erleben, wie unsere Nation durch deine Kraft zu dir umkehrt. Im Namen Jesu. Amen.

„Nationen werden vor dir zittern!“

An diesem Tag will ich anfangen, Schrecken und Furcht vor dir auf die Völker unter dem ganzen Himmel zu legen: Wenn sie die Nachricht von dir hören, werden sie vor dir zittern und beben.

– 5. Mose 2,25 –

5
Die Kraft eines Bundes

Es ist richtig, den Herrn zu bitten, unser Leben zu schützen und zu bewahren. Doch das Gebet um Segen und Fürsorge ist nicht mit einem Bund mit Gott gleichzusetzen. *Ein Bund ist ein Altar, auf dem sich der Herr und sein Bündnispartner einander uneingeschränkt hingeben.*

Eine Bündnisbeziehung mit Gott hört nicht mit der Gebetserhörung auf, da wir durch die in einem Bündnis wirksame Liebe geistlich reifen – von einfachen „Gläubigen" im Gebet werden wir zu lebendigen Opfern, die für Gottes Pläne leben. Indem wir uns auf diese Weise dem Herrn hingeben, schenkt er in unserem Innersten ein Leben, das er auf außergewöhnliche Weise im göttlichen Erlösungsprozeß gebrauchen kann.

Die Kraft eines Bundes ist stärker als das, was durch Gebet allein zu bewirken ist. Ja, die Auswirkungen eines Bundes gehen weit über den einfachen Glauben hinaus. Gebet und Glaube sind unabdingbar und wesentlich; sie sind Grundvoraussetzungen, aber kein Ersatz für die Kraft eines Bundes.

Somit ist eine Bündnisbeziehung eine lebenslange Verpflichtung, ein Eid, der nicht gebrochen werden kann, den Gott selbst initiiert und aufrechtzuerhalten verheißt. Teil dieser Verheißung ist seine unerschütterliche Verpflichtung, nicht nur seinen höchsten Erlösungsplan zu erfüllen, sondern auch seinem menschlichen Gegenüber Gnade und Glauben für seinen Weg zu verleihen. Dieser Gott, der allein genügt, und ein gläubiger Mensch schaffen in einer Bündnisbeziehung gemeinsam das Unmögliche.

Ein Bund setzt Kraft frei

Ein Bund mit Gott hat einen doppelten Effekt: Zunächst katapultiert er uns über das „subjektive Gebet" (Gebet, das sich hauptsächlich um unsere eigenen Anliegen dreht) hinaus, hinein in eine größere Hingabe an Gott; diese vermehrte Hingabe bringt ihrerseits ein Mehr an Gnade, um Gottes Erlösungswerk in der Welt zu vollbringen.

Welche Kraft in einem Bund steckt, veranschaulicht im Alten Testament die Erweckung, die auf die Entthronung Ataljas, einer judäischen Königin und Götzendienerin, folgte. Der Hohepriester Jojada schloß im Gebet einen Bund mit Gott. Es heißt: **„Und Jojada schloß den Bund zwischen dem Herrn und dem König und dem Volk, daß sie das Volk des Herrn sein sollten ...“** (2 Kön 11,17).

Hatte Israel nicht schon durch Mose einen Bund mit Gott geschlossen? Ja, aber in der Bibel war es üblich, daß Einzelpersonen zu verschiedenen Zeiten einen speziellen Bund mit dem Allmächtigen eingingen. Jojadas Bund hatte zur Folge, daß Gnade über die Menschen kam und sie das Land vom Götzendienst reinigten. Wir lesen weiter: **„Und das ganze Volk des Landes freute sich, und die Stadt hatte Ruhe“** (V. 20). Jojadas Bund brachte die Nation zu Gott zurück und beendete die Gewalt in Jerusalem!

Oder denken wir nur daran, welche Kraft durch Hiskias Bund mit Gott freigesetzt wurde. Ahas, der vorige König, hatte die Nation Juda zugrunde gerichtet. Doch Hiskia suchte gleich zu Beginn seiner Amtszeit die Gunst Gottes. Er öffnete die Tore des Tempels und weihte die Priester neu.

Doch die Reinigung der Priester und Gebäude hätte an sich noch nicht Erweckung gebracht; Hiskia mußte noch einen Schritt weitergehen. Er sagte: **„Nun aber liegt es mir am Herzen, einen Bund mit dem Herrn, dem Gott Israels, zu schließen, damit sich die Glut seines Zornes von uns abwendet“** (2 Chr 29,10). In Vers 36 lesen wir, wie es dem Volk nur acht Tage, nachdem der König einen Bund mit dem Herrn geschlossen hatte, erging: **„Und Hiskia und das ganze Volk freuten sich über das, was Gott dem Volk bereitet hatte; denn die Sache war sehr schnell geschehen.“**

Der Unterschied zwischen einem langwierigen Kampf um die Umkehr einer Nation und einer raschen Genesung lag in der Kraft, die freigesetzt wurde, als der König einen Bund mit dem Allmächtigen schloß. Vergessen Sie nicht, daß Juda geistlich *abtrünnig* geworden war, der vorige König Zauberei getrieben hatte und dämonische Götzen im Allerheiligsten aufgestellt worden waren. Dennoch führte die Kraft eines Bundes eine nationale Erweckung herbei.

Wir Amerikaner dürfen nicht vergessen, daß unsere geistlichen Väter die Prinzipien der Aufopferung innerhalb eines Bundes kannten und praktizierten. Als die Puritaner in dieses Land kamen, knieten sie an der Küste nieder und *schlossen um dieses Landes willen mit Gott einen Bund.* Sie weihten diese „neue Welt“ Christus und seinem Reich. Und unsere Nation wird vermutlich nur dann eine Erweckung erleben, wenn sich Gemeindeleiter auf regionaler und nationaler Ebene zusammentun und zur Erlösung Amerikas einen Bund mit Gott schließen.

Für unser Leben und unser Land – ein Bund mit Gott

Ein persönlicher Bund mit Gott ist eine ernste Verpflichtung, die ausgedehntes Gebet und Warten vor dem Herrn mit sich bringt. Um die Befreiung des Leibes Christi von fleischlichen Spaltungen und Rassismus und somit gleichzeitig die Erhörung des Gebets Jesu in Johannes 17 zu erleben, schloß ich einen Bund mit Christus (wobei die Initiative von ihm ausgegangen war).

Ein Bund mit Gott – was heißt das für mich? Das heißt, daß mein Leben nicht mehr mir gehört. Es ist in etwas viel Gewaltigerem aufgegangen – im Willen Gottes. Das heißt auch, daß Kraft in meiner Fürbitte liegt, so daß Bollwerke religiösen und kulturellen Stolzes vor den Zielen Gottes weichen müssen.

Zudem habe ich mich mit meinem Leben und meinem Glauben dem Bund unserer Pilgerväter verschrieben. Mit etlichen anderen Brüdern (auf regionaler und nationaler Ebene) haben wir um der Wiederherstellung dieses Landes nach 2. Chronik 7,14 willen einen Bund mit dem Allmächtigen geschlossen (**„Und mein Volk, über dem mein Name ausgerufen ist, demütigt sich, und sie beten und suchen mein Angesicht und kehren um von ihren bösen Wegen, dann werde ich vom Himmel her hören und ihre Sünden vergeben und ihr Land heilen.“**).

Es kommt eine Zeit, in der die USA, wie alle anderen Nationen, Teil des Reiches Gottes und seines Christus sein wird (vgl. Offb 11,15). Bis dahin gehört unser Leben Christus – gleichgültig, ob wir binnen kurzem eine Erweckung erleben oder durch das Feuer des göttlichen Gerichts hindurchmüssen –, nicht einfach nur, um Segen und Wohlstand zu genießen, sondern um zu erleben, wie Gott seine höchsten Ziele mit unserem Land erreicht.

Nicht jeder von uns wird um der Nation willen einen Bund mit Gott schließen. Einige werden sich um ihrer Familien willen mit Gott eins machen. Andere werden sich mit Gott zusammentun, um das Ende der Abtreibung in ihrer Stadt zu erleben. Wieder andere werden um des Leibes Christi willen einen Bund mit Gott schließen, weil sie erleben wollen, wie das Haus des Herrn in ihrer Stadt gebaut wird.

Ein Bundesschluß mit Gott bringt uns unserem Ziel näher, nämlich Christus ähnlicher zu werden. Ein Bund ist die höchste Form der Beziehung mit Gott und bereitet ihm am meisten Freude. All jenen, die einen Bund mit ihm schließen, sagt er: **„Holt mir die Meinen zusammen ... sie haben einen Bund mit mir geschlossen und sich verpflichtet, mir zu gehorchen; mit einem Opfer haben sie den Bund besiegelt“** (Ps 50,5; Gute Nachricht).

Herr, öffne uns die Augen dafür, wie freudig und wunderbar, wie nüchtern und ernst eine Bündnisbeziehung mit dir ist. O König, führe uns vom Oberflächlichen hin zum Übernatürlichen. Führe uns in einen Bund mit dir, der uns und unserem Land dient! Im Namen Jesu. Amen.

Teil 2: Zauberei und ihre Wirkungsweise

Gott ist unsere Zuflucht

Eine Zuflucht ist der Gott der Urzeit, und unter dir sind ewige Arme. Und er vertreibt vor dir den Feind und spricht: Vernichte! Und Israel wohnt sicher, abgesondert der Quell Jakobs, in einem Land von Korn und Most; auch sein Himmel träufelt Tau. Glücklich bist du, Israel! Wer ist wie du, ein Volk, gerettet durch den Herrn, der der Schild deiner Hilfe und der das Schwert deiner Hoheit ist? Schmeicheln werden dir deine Feinde, du aber, du wirst einherschreiten über ihre Höhen.

– 5. Mose 33,27-29 –

6

Schlüssel für die Pforten

Am Anfang des zweiten Teils dieses Bandes sollten wir uns unbedingt noch einmal die folgenden Worte Christi an seine Jünger vergegenwärtigen:

> **„Ich [werde] meine Gemeinde bauen, und des Hades Pforten werden sie nicht überwältigen. Und ich werde dir die Schlüssel des Reiches der Himmel geben; und was immer du auf der Erde binden wirst, wird in den Himmeln gebunden sein, und was immer du auf der Erde lösen wirst, wird in den Himmeln gelöst sein.“** (Mt 16,18-19)

Diese Worte Christi assoziiert man oft mit einer entschlossenen, aggressiven Gemeinde, die kühn auf die Tore der Hölle losstürmt. Solche Vorstellungen und Szenarien geistlichen Kampfes sind typisch für unsere Zeit und auf jeden Fall ein gewaltiger Fortschritt im Vergleich zu der nachlässigen und selbstsüchtigen Einstellung, die sich in vergangenen Jahren im Leib Christi breitgemacht hatte.

Doch in diesem Text geht es um mehr als nur um die kühne Konfrontation mit den Mächten der Hölle. Zwischen den Zeilen wird eine Strategie erwähnt – *die „Schlüssel“ des Reiches Gottes.*

Greifen wir zwei Worte aus der Lehre Jesu heraus, die unser Verständnis vom geistlichen Kampf vertiefen werden: „Schlüssel“ und „Pforten“, oder zusammengenommen: *Schlüssel für die Pforten.*

Drehen wir den Gedankengang Jesu einmal um: Er versprach uns die Schlüssel des Himmelsreichs ... und die Pforten der Hölle werden uns nicht überwältigen. Beachten Sie, daß Jesus nicht sagte, er werde uns Schlüssel *zum* Himmelreich geben, sondern die Schlüssel *des* Himmelsreichs. Es geht nicht darum, den Himmel aufzuschließen, denn das hat Jesus ja bereits getan. Jesus sagt vielmehr, *der Himmel hätte Schlüssel, mit denen die Hölle aufgesperrt werden könne.*

Gefangene befreien

Während seiner Zeit auf Erden demonstrierte Jesus sehr anschaulich, daß er geistliche Schlüssel hatte, mit denen er die Pforten der Hölle aufschloß. In seiner ersten öffentlichen Lehre erklärte er, diese Konfrontation mit der Hölle sei seine wichtigste Mission. Er sagte:

> **„Der Geist des Herrn ist auf mir, weil er mich gesalbt hat, Armen gute Botschaft zu verkündigen; er hat mich gesandt, Gefangenen Befreiung auszurufen und Blinden, daß sie wieder sehen, Zerschlagene in Freiheit hinzusenden, auszurufen ein angenehmes Jahr des Herrn."** (Lk 4,18-19)

Der Vater hat Jesus ganz speziell dafür gesalbt, vier Gruppen von Menschen zu erreichen: die wirtschaftlich und moralisch **„Armen"**; die **„Gefangenen"** dämonischer Mächte; die **„Blinden"**, die sehen wollen, und die **„Zerschlagenen"**, also Menschen mit emotionalen Verletzungen. Der Dienst Christi war darauf ausgerichtet, diese Menschen zu finden und zu befreien.

Bevor wir nun losrennen und alles, was uns in den Sinn kommt, „binden" und „lösen", sollten wir uns daran erinnern, daß Jesus von sich sagte: *„Ich* habe die Schlüssel des Todes und des Hades" (Offb 1,18).

Wenn wir erfolgreich geistlich kämpfen wollen, dürfen wir uns nicht darauf beschränken, lediglich bestimmte geistliche Prinzipien gegen den Teufel anzuwenden; wir brauchen die Salbung Jesu, um Gefangene zu befreien, und diese Salbung kommt nur vom Herzen Jesu.

Bei jeder geistlichen Konfrontation, bei jedem strategisch geplanten Angriff gegen die Bollwerke der Hölle in unserer Seele, unseren Gemeinden und Städten müssen wir als erstes erkennen, daß Jesus allein Gottes Gegengift gegen *alle* Nöte der Welt ist. Im Schutz der Gegenwart Jesu finden wir alle Schlüssel, die die jeweiligen Pforten der Hölle aufschließen und Gefangene in Freiheit führen können.

Vor diesem Hintergrund werden wir uns im folgenden mit dem Phänomen der Zauberei in unserer Gesellschaft befassen. Wir werden ihre Wirkungsweise betrachten und sehen, daß wir in Christus die Autorität haben, sie zu bekämpfen.

Doch der wichtigste Schlüssel, den wir je finden werden, ist das Erbarmen Christi. Denn etliche Menschen, die in okkulte Dinge verwickelt sind, wuchsen in christlichen Elternhäusern auf und wurden dort schwer enttäuscht; andere sind noch heute wie Kinder, die mit dem Okkulten herumspielen und so in seinen Bann gezogen werden; wieder andere waren ihr Leben lang Opfer satanischen Mißbrauchs. Jesus will diese Leute zurückhaben.

Seine Wege sind unser Sieg

O daß mein Volk auf mich hörte, Israel in meinen Wegen wandelte! Bald würde ich ihre Feinde beugen, meine Hand wenden gegen ihre Bedränger.

– Psalm 81,14-15 –

7

Zauberei und ihre Wirkungsweise

Der Kampf wird härter

Seit Jahren wird unsere Gesellschaft immer toleranter gegenüber Zauberei und Okkultismus. Unter dem Deckmäntelchen der „New Age"-Bewegung hat sich die Zauberei in unserer Nation richtiggehend etabliert. Das hat natürlich zur Folge, daß Schulen und manchmal sogar Gemeinden von okkultem Gedankengut unterwandert werden.

So ist die Situation der Stadt Salem im US-Bundesstaat Massachusetts, wo die historischen Zauberei-Prozesse von Salem stattfanden, typisch für unsere Zeit: Früher wurden in dieser Stadt einmal vier Menschen hingerichtet, die man der Ausübung von Zauberei bezichtigt hatte; heute leben im Raum Salem *4 000* Praktizierende dieses „Gewerbes" und genießen ihre Freiheit. Die Zauberei hat sich zu einer Heimindustrie gemausert, die von der örtlichen Infrastruktur unterstützt wird.

Salem ist vielleicht ein Extremfall, aber es läßt sich nicht leugnen, daß sich unsere Nation als Ganzes den Praktiken der Zauberei geöffnet hat. Die Gesetzeshüter im ganzen Land unternehmen nur sehr widerwillig rechtliche Schritte gegen Leute, die in Zauberei verwickelt sind, obwohl viele Satanisten regelmäßig Drogen nehmen und oft an kriminellen Gewalttaten beteiligt sind. Hin und wieder wird sogar die Polizei von praktizieren Okkultisten unterlaufen, was die Rechtsausübung natürlich noch weiter behindert.

Wir befürworten zwar nicht die Wiedereinführung der Todesstrafe für Zauberei, müssen jedoch eine *wirklich* christliche Reaktion auf diese dämonische Unterwanderung finden. Wir können nicht länger vor den Taktiken des Feindes die Augen verschließen. Die Aktivitäten der Zauberei müssen offengelegt und eine von Christus inspirierte Gegenstrategie ins Leben gerufen werden.

Wir sind davon überzeugt, daß viele Menschen von Zauberei gefangengehalten werden, die Christus auf seine Seite ruft. Wir müssen wissen, daß er ein Herz für diese Leute hat. Woher bekommen wir die Weisheit des Herrn, damit jene Leute, die in Zauberei verwickelt sind, befreit, ihre Flüche gebrochen und ihre Opfer in Freiheit geführt werden können?

Ein kurzer Überblick über die Geschichte der Zauberei

Gleichgültig, in welcher Nation der Welt Zauberei auftaucht, manifestiert sie sich stets auf ähnliche Art und Weise. Die Unterschiede liegen nur darin, in welchem Ausmaß sie Macht über ein Gemeinwesen ergreift. Es ist nun einmal eine Tatsache, daß in vielen Ländern mit weniger hochentwickelten Kulturen Zauberer (die auch als „Medizinmänner“ oder „Schamanen“ bezeichnet werden) unangefochtene Machtpositionen bekleiden.

Die Zauberei, die wir heute in Nordamerika vorfinden, geht größtenteils auf vorchristliche Fruchtbarkeitskulte im heidnischen Europa zurück. Auch aus Afrika und Asien kam die Zauberei auf unseren Kontinent. Im Mittelalter existierte die europäische Wurzel dieser dämonischen Religionen noch neben dem Christentum, verlor jedoch zusehends an Einfluß.

Hexen bekamen ihre Macht von bösen Geistern verliehen, die von einem Gemeinwesen entweder verehrt oder zumindest gefürchtet wurden. Man verehrte oder fürchtete auch die Menschen, denen man nachsagte, sie hätten Zugang zur Geisterwelt. Von Medizinmännern erwartete man, daß sie Kranke heilen, Regen machen und Erfolg bei der Jagd und im Krieg gewährleisten. In einer Kultur, die von Zauberei dominiert wurde, war der Zauberer (oder Medizinmann) Richter, Geschworener und „Exekutive“ in Belangen des Gemeinwesens und mußte sich nur dem Stammeshäuptling unterordnen.

Am Anfang des finsteren Mittelalters liberalisierte sich die Haltung der Kirche gegenüber der Zauberei. Menschen, die als praktizierende Zauberer überführt worden waren, mußten lediglich Buße tun. In ihrem Bestreben, die Macht der Kirche in Europa zu festigen, erkannten die Kirchenleute, daß ein offener Konflikt mit den verbliebenen Anhängern der alten Religion katastrophale Folgen haben könnte. So geschah es, daß sie das Heidentum in ihrer Gegend oft nicht nur tolerierten, sondern sogar an dessen okkulten Praktiken teilnahmen.

Jesus wies mit warnenden Worten darauf hin, daß „Weizen und Unkraut" gemeinsam zur Reife gelangen würden. Man braucht nicht lange zu suchen, um den Einfluß des alten Heidentums auf zahlreiche christliche Traditionen belegen zu können: So leitet sich unser Wort „Ostern" von „Eostrae" ab, dem Namen einer heidnischen Göttin, die früher in England im Frühling verehrt wurde. Im ersten Jahrhundert feierten die Jünger die Auferstehung Christi während des Passah-Fests. Die Eier und Hasen, die wir heutzutage mit Ostern in Verbindung bringen, waren ursprünglich heidnische Fruchtbarkeitssymbole!

Oder denken wir nur an Weihnachten. Im alten Rom feierte man in dieser Zeit des Jahres (der Wintersonnwende) dem „New Webster's Dictionary" zufolge mit „Orgien und ausufernden Festlichkeiten" die sogenannten Saturnalien. Die Enzyklopädie von Funk & Wagnalls berichtet, dies sei auch eine Zeit der Geschenke und des allgemeinen guten Willens gewesen. Heute feiern wir zu jener Zeit den Geburtstag Christi. Doch für alle, die Christus nicht kennen, stehen nach wie vor die Festlichkeiten im Vordergrund.

Christlicher Widerstand

Als die Kirche zahlenmäßig wuchs und innerhalb der Gesellschaft an Einfluß gewann, leistete sie immer offener Widerstand gegen die Zauberei und protestierte immer lauter gegen die zersetzende Wirkung des Heidentums. Die Anhänger der Zauberei reagierten erwartungsgemäß: Im Verlauf der kommenden tausend Jahre fühlten sich Hexen immer wieder ermutigt, entsetzliche Greueltaten zu verüben.

Im Deutschland des dreizehnten Jahrhunderts war es für eine Hexe das Höchste, das ungetaufte Kind eines Christen zu entführen und Satan zu opfern. Um diesem schrecklichen Treiben Einhalt zu gebieten, fingen die deutschen Christen an, ihre Kinder gleich nach der Geburt zu taufen. Damit hörten zwar die Entführungen auf, aber es entstand eine neue Lehre, die sich in kürzester Zeit zu einer tragenden Säule christlicher Rechtgläubigkeit in Deutschland entwickelte – die Kindertaufe!

Im siebzehnten Jahrhundert nahm der Widerstand der Kirche gegen die Zauberei noch weiter zu und erreichte seinen Höhepunkt in der berüchtigten Inquisition, die durch eine wahre

Hexenjagd immer weiter vorangetrieben wurde. Allein in Deutschland wurden damals mehr als 100 000 Menschen bei lebendigem Leib verbrannt, ertränkt oder gehängt. Die unvorstellbare Tragik dieser Ereignisse liegt darin, daß mit Abstand die meisten Opfer der Inquisition keine Hexen waren, sondern Anabaptisten (Wiedertäufer), deren schlimmstes Verbrechen darin bestand, die Lehre von der Kindertaufe abzulehnen!

Was wir daraus lernen können
Auf Zauberei übersteigert zu reagieren ist vielleicht noch schlimmer, als sie völlig zu ignorieren. Gott will weder, daß wir die Pläne Satans völlig außer acht lassen, noch daß wir uns ständig mit ihnen beschäftigen. Bis zur Wiederkunft Christi wird es in unserer Gesellschaft verschiedene Arten und Ausprägungsformen der Zauberei geben; und da das Böse ganz allgemein von der derzeitigen „Dämmerung" in tiefste Finsternis übergehen wird, wird auch die Zauberei immer dreister und offensichtlicher werden. Der Herr möchte nicht, daß wir okkulten Aktivitäten unsere Aufmerksamkeit schenken, außer um sie als dämonische Phänomene zu erkennen, sie richtig einzustufen und unsere Verletzbarkeit in diesem Bereich auszumerzen.

8

Wie Zauberei „funktioniert“

Es ist schon bezeichnend, daß Balak, der König der Midianiter, Israel durch Zauberei davon abhalten wollte, Kanaan zu betreten. Doch jedesmal, als der Zauberer Bileam seinen Mund öffnete, um Israel zu verfluchen, sprach er stattdessen Segnungen aus. Bileam meinte: **„Wie soll ich verfluchen, wen Gott nicht verflucht, und wie verwünschen, wen der Herr nicht verwünscht hat?“** (4 Mose 23,8) Dieser Text veranschaulicht in grundlegender Weise, wie Zauberei „funktioniert“ und Flüche übertragen werden.

Im wahrsten Sinn des Wortes gibt es keine Kraft im Universum, die nicht von Gott käme. Gott ist der alleinige Schöpfer, der „unbewegte Beweger“ der gesamten Schöpfung. Johannes sagt, alles sei durch ihn entstanden und ohne ihn existiere nichts. Im Hebräerbrief lesen wir, daß der Herr auch jetzt noch **„... durch sein gewaltiges Wort der Kraft das Universum aufrechterhält und bewahrt und leitet und vorantreibt“** (Hebr 1,3; wörtl.a.d.Engl.).

Gottes **„gewaltige ... Kraft“** offenbart sich im Universum in Akten spontaner, biologischer Schöpfung sowie in den physikalischen Naturgesetzen; auch in geistlichen und moralischen Gesetzen, die unsere Beziehungen bestimmen, wird sie sichtbar.

Jeder Augenblick des Tages, jeder Bereich unseres Lebens wird von den ineinandergreifenden und übereinstimmenden Ausdrucksformen der Kraft Gottes regiert. Auch wenn wir meinen, wir seien unabhängig, beruht doch jeder Atemzug, jeder Gedanke und jede Bewegung auf dem Kontinuum der Energie Gottes. Nichts und niemand ist vor ihm verborgen, **„... denn in ihm leben und weben und sind wir ...“** (Apg 17,28).

Dennoch sind wir keine Roboter. In der unermeßlichen Weite der Weisheit Gottes räumt er uns Platz für eigene Entscheidungen ein, weil er uns damit seinem Ziel näher bringen möchte, nämlich uns nach seinem Bild zu formen. Wenn wir ihm gehorchen, steht unser Leben im Strom seines Segens; dort läßt er alle Dinge zu unserem Besten gereichen. Doch wenn wir uns von ihm abwenden, begeben wir uns damit letztlich unter die Last seines Gerichts; in dieser Position sind wir dem Bösen schutzlos ausgeliefert.

Die Bibel definiert Freiheit als die Möglichkeit, zwischen Gottes Segen und seinem Fluch zu wählen – und jeder Mensch auf Erden hat diese Wahl. Wenn wir im Gehorsam bleiben, werden wir selbst zu einem Segen. Doch wenn wir uns gegen ihn auflehnen, steht unser Leben unter dem Zorn und Fluch Gottes. Man kann reich und berühmt sein und doch im Innersten unter einem Fluch stehen und im Elend leben; man kann in materieller Armut leben und doch im Innersten gesegnet sein und die wahren Freuden des Lebens genießen. Gottes Segen manifestiert sich darin, wie wir *leben*, nicht was wir *besitzen*.

„Der Fluch des Herrn fällt auf das Haus des Gottlosen, doch die Wohnung der Gerechten segnet er“ (Spr 3,33). Vermutlich können wir uns nur sehr schwer vorstellen, daß unser liebender Vater überhaupt etwas oder jemanden *verfluchen* könnte. Doch seine Liebe ist der Beweggrund hinter seinem Fluch über alles Böse, da er die Übeltäter mit Hilfe des Gerichts dazu anzustachelt, auf den Weg der Gerechtigkeit und des Friedens zurückzukehren.

Die Begriffe „Zorn Gottes“, „Gericht Gottes“, „Richterspruch Gottes über die Sünde“ und „Fluch Gottes“ sind austauschbar. **„Es wird geoffenbart Gottes Zorn vom Himmel her über alle Gottlosigkeit und Ungerechtigkeit der Menschen ...“** (Röm 1,18). Vor unserer Bekehrung **„... [wandelten wir] gemäß dem Zeitlauf dieser Welt, gemäß dem Fürsten der Macht der Luft, des Geistes, der jetzt in den Söhnen des Ungehorsams wirkt ... [und waren] von Natur Kinder des Zorns ... wie auch die anderen“** (Eph 2,2-3).

Gottes Zorn kann so gewaltig und außerordentlich sein, daß er die ganze Erde in der Sintflut versinken läßt; er kann sich aber auch ganz „alltäglich“ und elementar in den Konsequenzen unserer eigenen Selbstsucht manifestieren. Die Haltung unseres Herzens zieht uns entweder zum Segen oder zum Fluch Gottes hin. Wenn wir seinen Segen lieben, werden wir selbst zum Segen für andere. Wenn wir rebellisch sind und unser Herz verhärten, fällt sein Zorn auf uns, wie geschrieben steht:

„Und er liebte den Fluch, so komme er auf ihn! Und er hatte kein Gefallen an Segen, so sei er fern von ihm! Er zog den Fluch an wie sein Kleid, so dringe er wie Wasser in sein Inneres und wie Öl in seine Gebeine!“ (Ps 109,17-18)

Satan – ein Meister der Manipulation

Um mit Gottes Gegengift die Auswirkungen der Zauberei zunichte zu machen, muß man vorher wissen, wie sie überhaupt funktioniert. Der Teufel hat nicht die Macht, selbst irgendetwas zu schaffen; er kann nur das manipulieren, was bereits unter dem Gericht oder dem Zorn Gottes steht. Jede Sünde steht unter dem Fluch Gottes, und böse Geister haben Zugang zu allem, was unter dem Fluch Gottes steht.

Das betrifft auch uns Christen. Wenn wir auf das Fleisch säen, werden wir Verderben ernten. Paulus sagt: **„Denn wer unrecht tut, wird das Unrecht empfangen, das er getan hat; und da ist kein Ansehen der Person“** (Kol 3,25). Jesus erzählt in einem Gleichnis von einem Mann, der sich weigert, anderen Barmherzigkeit zu erweisen, nachdem ihm selbst Barmherzigkeit widerfahren war. Was war die Folge? **„Sein Herr wurde zornig und überlieferte ihn den Folterknechten, bis er alles bezahlt habe, was er ihm schuldig war.“** Jesus fügt hinzu: **„So wird auch mein himmlischer Vater euch tun, wenn ihr nicht ein jeder seinem Bruder von Herzen vergebt“** (Mt 18,34-35).

Der Herr muß einen Menschen nicht persönlich „den Folterknechten überliefern“, da die Sünde selbst schon Strafe mit sich bringt. Auch die Sünde im Herzen eines Christen wird letztlich Verderben nach sich ziehen und uns bösen Geistern gegenüber verletzbar machen, wenn wir nicht Buße tun und in Demut mit unserem Gott leben.

Der höchste Segen Gottes ruht auf dem Wesen Christi. Insofern wir leben, wie Jesus lebte, in Liebe und Reinheit des Herzens, werden wir durch den Segen Gottes reich gemacht und beschützt. Schon der *Wunsch* in uns, wie Christus zu leben, setzt den Segen des Vaters frei, da unsere Seele dann gerne zur Buße bereit ist und ihre demütige Haltung bei Gott Gnade findet.

Der himmlische Zaun
Bileams Aussage **„Wie soll ich verfluchen, wen Gott nicht verflucht, und wie verwünschen, wen der Herr nicht verwünscht hat?“** (4 Mose 23,8) macht deutlich, daß Gott einen Zaun um den Teufel gezogen hat. Nur jene Bereiche im Herzen eines Menschen, die aufgrund wiederholter Sünde bereits unter göttlichem Gericht stehen, sind verletzbar und offen für Flüche und die Auswirkungen von Zauberei.

Ich möchte dies jedoch einschränken: Manchmal gibt der Herr Satan die Erlaubnis, einen Diener Gottes zu prüfen, weil *er* damit etwas beabsichtigt; denken wir nur an Hiob oder Petrus (vgl. Hiob 1-2; Lk 22,31-32). Doch in beiden Fällen mußte sich der Teufel erst bei Gott die Genehmigung holen, bevor er seinen geistlichen Angriff starten durfte. Die Folgen dieses Angriffs sollten den Absichten Gottes dienlich sein. Sie würden den Charakter des betreffenden Dieners festigen und Demut in sein Herz pflanzen. Somit kann man sagen, daß sich jede satanische Aktivität auf die Bereiche beschränken muß, die bereits unter dem Gericht Gottes stehen, es sei denn, Gott läßt eine Ausnahme zu.

Moses Konfrontation mit dem Pharao veranschaulicht dies. Mose brachte Gottes Richterspruch – seinen Fluch – über die Ägypter und ihre „Götter“. Doch die ägyptischen Wahrsager konnten das Gericht Gottes zum Teil nachahmen und unter anderem das Nilwasser in Blut verwandeln und eine Froschplage auslösen (vgl. 2 Mose 7,22; 8,7). Wieso konnten die Zauberer des Pharao die Plagen Moses reproduzieren? Sie konnten nur imitieren, was bereits unter dem Gericht Gottes stand. Beachten Sie auch: *Obwohl sie das Gericht Gottes nachahmen konnten, vermochten sie es nicht aufzuhalten.*

Ein Großteil von Zauberei und Okkultismus basiert auf diesem Prinzip: Satan muß sich auf das beschränken, was unter dem Gericht Gottes steht. Weder kann der Teufel göttliche Flüche widerrufen noch Schaden bringen, wo Gott seinen Segen gegeben hat. Wir lesen in Sprüche 26,2: **„Wie der Sperling hin und her flattert, wie die Schwalbe wegfliegt, so ein Fluch ohne Ursache: er trifft nicht ein“** (wörtl.a.d.Engl.).

Gott wird nicht zulassen, daß ein Fluch ohne Ursache eintrifft. Die Sünde ist gleichsam die Landebahn in der Seele eines

Menschen, auf der ein Fluch ankommt. Der Tod ist zwar durch die Sünde in die Welt gekommen (vgl. Röm 5,12), kann jedoch nirgends eindringen, wo es keine Sünde gibt.

Somit ist ein Leben im Gehorsam gegenüber Gott und unter dem Schutz seines Segens der Schlüssel, um von den Auswirkungen der Zauberei unbehelligt zu bleiben. Genau hier finden wir Gottes Gegengift gegen das Böse, denn Satan kann nicht verfluchen, was Gott gesegnet hat.

9

Die große Barmherzigkeit Gottes

Keine Zauberei gegen alle, die Christus ähnlich sind

Gott wollte, daß das Volk Israel ihm nachfolgte und seinen Gesetzen gehorchte. Kurz vor dem Verlassen der Wüste hatte die Nation diese Ebene des Gehorsams erreicht und lebte infolgedessen im Segen Gottes. Bileam, dem obersten Zauberer des Nahen Ostens, gelang es nicht, Israel zu verfluchen. Jedesmal, wenn er seinen Mund zum Fluchen öffnete, kamen nur Segnungen dabei heraus. Folglich erklärte er: **„Es gibt keine Zauberei gegen Jakob und keine Wahrsagerei gegen Israel"** (4 Mose 23,23). Warum? Weil Gott **„kein Unrecht in Jakob erblickt"**, mußte Bileam zu dem Schluß kommen: **„Er hat gesegnet, und ich kann's nicht wenden"** (V. 20-21).

Es „gab keine Zauberei gegen Israel", weil Israel gehorsam war und folglich nicht unter dem Gericht Gottes stand; vielmehr war es gerecht und stand somit unter dem Segen Gottes. Für einen Christen ist Sünde nicht nur der Verstoß gegen das mosaische Gesetz, sondern die Weigerung, wie Christus zu werden. Gott will nicht nur, daß wir seine Gebote halten, sondern daß wir wie Jesus werden.

Dieser Text über das Volk Israel ist für uns heute besonders relevant, denn so wie Israel damals kurz vor seinem größten und erfolgreichsten Kampf stand, steht auch der Leib Christi an der Schwelle zu einer ähnlichen Phase. Was schickte Satan als letzte und endgültige „Abschreckungswaffe" gegen Israel ins Feld? Zauberei. Und was erhebt sich so dreist wie noch nie in unserem Land? Zauberei.

Das Geschenk

Wir haben bereits festgestellt, daß ein Fluch mit all den dämonischen Aktivitäten und der Schwere des Todes, die er mit sich bringt, auf einen Menschen „gelegt" oder an einen Menschen „gebunden" werden kann, der sich gegen Gott auflehnt. Und wir hielten fest, daß sich Gottes Gericht über Sünde unter anderem darin zeigt, daß der Sünder weitaus leichter durch dämonische Angriffe und Zauberei verletzt werden kann.

Analog dazu kann uns natürlich auch der Segen Gottes mit all dem Engelsschutz und der Fülle des Lebens, die er mit sich bringt, zuteil werden. Christus allein ist das göttliche Gegengift gegen Flüche und Zauberei. Das Zusammenspiel vom Werk Jesu am Kreuz und seinem Wesen in uns bietet all jenen, die zu ihm fliehen, vollkommenen Schutz. In ihm ist keine Finsternis; deshalb finden wir einen zweifachen Schutz, wenn wir in ihm sind: vor den Auswirkungen des göttlichen Gerichts über Sünde und vor dem, wie Satan das von Gott Verfluchte zu seinen Gunsten ausnutzt.

Eine Menschheit ohne Christus hat keinen Schutz vor Zauberei. Doch Christus ist nicht nur der von Gott ausersehene Zufluchtsort vor Zauberei, sondern die Rettung vor Sünde und Tod im allgemeinen. Es heißt ja: **„Alle haben gesündigt und erlangen nicht die Herrlichkeit Gottes“** (Röm 3,23). Das Gericht Gottes über die Menschheit soll uns nicht verdammen, sondern vielmehr dazu zwingen, Christus in die Arme zu laufen, der in dieser Welt unser einziger Schutz ist.

Ab dem Zeitpunkt, da wir das erste Mal zu Christus kamen, galt auch für uns die ewige Wahrheit, daß all unsere Sünden durch Christi Blut „rechtmäßig“ bezahlt und alle Flüche am Kreuz Christi gebrochen wurden. Geistlich gesehen wurden wir aus dem Reich der Finsternis in das Reich seines Sohnes hineinversetzt (vgl. Kol 1,13).

Diese Befreiung verschafft uns Zugang zu echten Reichtümern, die in der himmlischen Bank auf uns warten. Doch wenn wir sie nicht „abheben“ und einsetzen, werden wir elend und geistlich arm bleiben. Somit bewirkt unsere Wiedergeburt zweierlei: Einerseits bekommen wir durch sie jeden geistlichen Segen in der Himmelswelt in Christus und andererseits begeben wir uns auf eine Reise des Glaubens und des Gehorsams, in deren Verlauf wir uns diesen Segen praktisch zu eigen machen.

Obwohl unser Geist nun lebendig ist und mit Gott kommuniziert, bleibt unsere Seele unvollkommen. Wenn wir willentlich gegen Gott rebellieren, setzen wir uns nach wie vor dem Einfluß der Zauberei und den Auswirkungen von Flüchen aus. Deshalb schränkt der Herr seinen Schutz für jene sündhaften Bereiche in uns ein, um uns dazu anzuspornen, nach einem gottesfürchtigen Leben zu trachten.

Es besteht auch die Möglichkeit, daß wir nicht selbst gesündigt haben, sondern unter dem Fluch stehen, den unsere *Vorfahren* durch ihre Sünde auf sich gezogen haben. Diese Sünden gingen von unseren Eltern auf uns über.

Um von Vorfahren „geerbte" Flüche brechen zu können, müssen wir zunächst Christus mißliebige Verhaltensweisen erkennen, die wir von unseren Vätern übernommen haben, und sie von uns weisen. Danach ordnen wir unser Herz Christus unter, verbunden mit der Bitte um Reinigung und fortwährende Veränderung, und beschließen, unser Leben auf dem Wesen Christi aufzubauen.

Was Gott gesegnet hat, kann nicht von einem Fluch unterwandert werden. Was hat Gott gesegnet? Gott hat die Gemeinde **„mit jeder geistlichen Segnung in der Himmelswelt in Christus"** gesegnet (Eph 1,3). All unsere Segnungen liegen „in Christus". *Der gekreuzigte Christus erspart uns die Strafe für die Sünde; der auferstandene und in uns wohnende Christus ist unser Puffer gegen Tod und Fluch.*

Die Strategie des Herrn

In der Zeit, die vor uns liegt, werden wir weit öfter mit okkulten Mächten konfrontiert werden. Es läßt sich nicht leugnen, daß es heutzutage zum täglichen Ritual eines Satanisten gehört, Pastoren sowie deren Familien und Gemeinden zu verfluchen. Wenn dieser geistliche Leiter in seinem Leben ein geringeres Ziel verfolgt als die Umgestaltung seiner Seele, können die Auswirkungen der Zauberei sein Denken quälen, seine Ehe zerstören und/oder seine Gemeinde spalten.

Vergessen Sie nicht: Es ist Gottes Wille, daß wir wie Christus werden. Um dieses Ziel zu erreichen, läßt Gott es zu, daß alles, was in uns noch nicht „christusähnlich" ist, nach wie vor von geistlichen Angriffen getroffen werden kann. Im nächsten Kapitel geht es darum, was gegen Flüche unternommen werden kann. Wir möchten betonen, wie außerordentlich wichtig es ist, wie Christus zu werden; und Jesus forderte uns auf: **„Segnet, die euch fluchen"** (Lk 6,28).

Während wir Autorität über den Geist der Zauberei ergreifen und die Auswirkungen seines Fluchs von uns weisen, muß gleichzeitig auch unsere Liebe aggressiv werden. Wir kämpfen ja nicht gegen Menschen, sondern gegen die Geister, die Menschen knechten. Wir können das Böse nicht mit Bösem überwinden; wir müssen das Böse mit Liebe überwinden.

Die Kraft des göttlichen Segens zwingt uns nicht nur dazu, Christus ähnlich zu werden, sondern umgibt uns auch mit dem undurchdringlichen Schutzwall der göttlichen Gegenwart und führt uns so an den Ort der Bewahrung!

10

Symptome der Zauberei

Um etwas gegen Zauberei unternehmen zu können, müssen wir verstehen, wie sie sich auswirkt. Wir als Christen müssen in zunehmendem Maße die Gabe der Geisterunterscheidung ausüben.

Führen wir uns vor Augen, welche charakteristischen Symptome auftreten können, wenn Zauberei auf einen Christen oder eine Gemeinde einwirkt:

1. Wenn ein Christ von Zauberei attackiert wird, verliert er zusehends seine Orientierung; er ist verwirrt und wirkt manchmal sogar tolpatschig und unbeholfen.

Satan möchte Ihren Blick vernebeln und Sie so davon abhalten, Ihre Bestimmung in Gott zu erreichen. Wer auf diese Weise angegriffen wird, verliert seine geistliche Sicht; seine Motivation schwindet oder verschwindet völlig.

2. Wer Zielscheibe von Flüchen ist, fühlt sich emotionell ausgezehrt oder geschwächt.

Wer Zielscheibe eines geistlichen Fluches ist, hat oft einen finsteren, vernebelten Gesichtsausdruck; sein Nacken ist verspannt und ein „Klammergriff" der Bedrängnis um seinen Kopf manifestiert sich in Form von Kopfschmerzen. Der Betroffene meint, er sei krank, doch das ist nicht die Grippe, sondern Zauberei.

3. Flüche, die durch Zauberei freigesetzt werden, bewirken oft eine Vielzahl von übersteigerten Ängsten, die das Denken des Betroffenen malträtieren.

Das Angriffsziel ist das Theater der menschlichen Phantasie: Vor dem inneren Auge huschen groteske Bilder über die „Bühne". Der Betroffene wird noch weiter ausgezehrt, weil tiefer, erholsamer Schlaf nicht möglich ist.

4. Wenn eine Gemeinde verflucht wird, werden in den innergemeindlichen Beziehungen ständig Probleme auftreten, die den Leib Christi von seiner vorrangigen Ausrichtung und Berufung abhalten.

Die Gemeindemitglieder sind sehr gereizt und haben kaum noch Geduld miteinander. Man neigt viel eher dazu, sich über den anderen zu beklagen; proportional dazu nehmen auch übles Geschwätz und Lästerungen zu. Es entsteht der Eindruck, Rebellion gegen die Gemeindeleitung sei gerechtfertigt, und die Versuchung, sich der Gemeinschaft zu entziehen, wird immer stärker.

Es muß jedoch unbedingt darauf hingewiesen werden, daß diese Symptome einzeln oder zusammen in Gemeinden auftreten können, *ohne* daß Zauberei die Ursache wäre. Doch sobald wir herausgefunden haben, daß wir wirklich gegen einen geistlichen Feind kämpfen, ist der Sieg nahe.

Christus anziehen

Um diese Schlacht gewinnen zu können, müssen wir zunächst verstehen, weshalb der Herr das Böse überhaupt zuläßt. Von Anfang an hatte Gott den Plan, die Menschheit nach seinem Bild, also ihm ähnlich zu machen. *Gott läßt Raum für das Böse, um damit in uns einen ihm wohlgefälligen Charakter zu formen und so diesen ewigen Plan zu vollenden.*

Mit anderen Worten: Wir würden nie zu den Höhen einer „christusähnlichen" Liebe aufsteigen, die sogar ihre Feinde liebt, wenn da nicht Feinde wären, die unsere Liebe vollkommen machen.

Gott kann in uns kein reines Herz und keinen beständigen Geist schaffen, ohne echte Versuchungen und Schwierigkeiten zuzulassen, die wir von uns weisen und überwinden müssen. Der Herr duldet das Böse sogar in der Welt, weil er dadurch eine Gerechtigkeit in uns bewirken will, die nicht nur dem Angriff des Bösen widersteht, sondern dadurch *noch stärker und strahlender* wird.

Wenn wir gegen Zauberei vorgehen, müssen wir deshalb verstehen, daß sich der Herr nicht in erster Linie das Ziel gesetzt hat, das Böse aus der Gesellschaft auszumerzen, sondern unsere Herzen zu verändern und Christus immer ähnlicher zu machen. Indem wir wie Jesus werden – unsere Feinde lieben und die segnen, die uns verfluchen –, manifestiert sich Christus selbst buchstäblich und greifbar in unserem Geist. Die umgestaltete Seele wohnt am Ort der Bewahrung.

11

Gottes Zuflucht vor Zauberei

Wir wollen nun noch einmal die Symptome der Zauberei auflisten und mit dem Prinzip der Umgestaltung in Zusammenhang bringen.

1. Wie brechen wir die Auswirkungen von Flüchen und Verwirrung, die uns den geistlichen Blick verstellen?
Wir segnen die, die uns verfluchen. Auch wenn wir nicht wissen, wer konkret uns verflucht, beten wir um Segen für ihn. Mit anderen Worten: Wir bitten Gott, ihn mit demselben Segen zu segnen, den wir mit unserer Umkehr und Bekehrung erlebt haben. Wir segnen und verfluchen nicht.

Das ist absolut entscheidend. Zu viele Christen werden im Verlauf eines Konflikts bitter und zornig. Wenn wir uns auf die Ebene des Hasses herablassen, haben wir den Kampf gegen die Zauberei schon verloren. Gott will uns zum Segen werden lassen, was uns schaden sollte, doch dabei müssen wir mit ihm zusammenarbeiten. Und das ist genau der Grund, weshalb wir jene, die uns verfluchen, segnen: nicht nur um ihretwillen, sondern um unsere eigene Seele vor ihrer natürlichen Reaktion auf Haß zu bewahren.

> Der Ort der Bewahrung ist die Burg der Erlöserliebe, da diese aus dem Angriff des Feindes eine Gelegenheit macht, um Barmherzigkeit zu erweisen.

Stilles Gebet ist ohne jeden Zweifel eine akzeptable Art der Kommunikation mit Gott; dennoch haben wir die Erfahrung gemacht, daß ein lautes Gebet in Bezug auf geistlichen Kampf energischer und effektiver ist. Ein typisches Gebet gegen Zauberei und Flüche könnte folgendermaßen lauten:

Himmlischer Vater, du kennst den Kampf, der gegen mich/uns geführt wird. Bitte vergib denen, die dem Teufel dienen. Herr, ich weiß, daß du gesagt hast, du würdest jene segnen, die uns segnen und jene verfluchen, die uns verfluchen. Aber, Vater, diese Leute stehen ja schon unter deinem Fluch.

Deshalb bitte ich dich, deinen erlösenden Segen über sie auszugießen, den Segen, der die Finsternis mit Licht durchdringt, das Böse mit Gutem überwindet, den Hoffnungslosen Hoffnung bringt und den Toten Leben. Ich erbitte all diese Dinge, Himmlischer Vater, damit dein Heilsplan, den du in deinem Sohn Jesus Christus offenbart hast, erfüllt und die Sehnsucht deines Herzen gestillt werde. Amen.

2. Was unternehmen wir gegen emotionelle Schwäche und Bedrängnis?

Wir ziehen dem Geist der Schwere das Lobpreisgewand an. Der Leib Christi ist laut biblischer Definition das Haus des Herrn, der Tempel Gottes.

Der Tempel sollte nicht Gott „beherbergen", da ihn ja nicht einmal die Himmel fassen können. Der Tempel diente dazu, den Allmächtigen anzubeten und uns Zugang zur Wohnung Gottes zu verschaffen. Aus diesem Grund macht uns der Heilige Geist eins, damit wir zu einem lebendigen Tempel werden, wo wir Gott ununterbrochen Anbetung bringen. Der Kampf, der gegen uns geführt wird, soll uns davon abhalten.

Wenn ein Angriff der Zauberei gegen Sie im Gange ist, dann hören Sie sich zu Hause oder beim Autofahren Lobpreiskassetten an. Singen Sie mit und strecken Sie Ihr Herz zu Gott aus. Errichten Sie gleichsam einen „Puffer" der Anbetung um Ihre Seele. Danken Sie Gott für alles, was er Ihnen geschenkt hat. Die Bibel sagt: **„Zieht ein in seine Tore mit Dank, in seine Vorhöfe mit Lobgesang!"** (Ps 100,4)

Gebet um Befreiung von Bedrängnis:

Himmlischer Vater, du suchst Menschen, die dich im Geist und in der Wahrheit anbeten. Inmitten dieses Kampfes entscheide ich mich dafür, dein Anbeter zu sein. Ich ziehe in deine Tore ein mit Dank. Danke, Herr Jesus, daß du mich gerettet hast, daß du mich vom Bösen befreist und daß du schon so oft meine Gebete erhört und für mich gesorgt hast. Danke für all die geistlichen Segnungen, die du für mich errungen hast!

Jetzt breche ich im Namen Jesu die Macht der Bedrängnis in meinem Leben. Ich bete für die Betroffenen in meiner Gemeinde und für die Christen in der ganzen Stadt, damit auch sie von dieser Bedrängnis frei werden. Herr, stell eine Armee von Anbetern auf, eine Priesterschaft, die Krieg führt und dich auf Erden verherrlicht! Amen.

> Bevor wir die Pforten der Hölle überwinden können, müssen wir durch die Pforten des Himmels einziehen.

3. Wie überwinden wir Angst?

Die Bibel sagt: ***„Die vollkommene Liebe treibt die Furcht aus“*** (1 Joh 4,18) und ***„Gott hat uns nicht einen Geist der Furchtsamkeit gegeben, sondern der Kraft und der Liebe und der Zucht“*** (2 Tim 1,7).

Satan ist ein Lügner; er ist der Vater der Lüge. Der Teufel *kann nicht* die Wahrheit sagen. Gleichgültig, was Ihnen Satan sagt – es ist *nicht* die Wahrheit, sondern immer eine Pervertierung der Wahrheit. Jesus bezeichnete ihn auch als „Mörder“. In dem Maße, wie wir nicht Gott, sondern dem Teufel Glauben schenken, nimmt unsere Lebensqualität ab; etwas in uns stirbt, weil wir einer Lüge geglaubt haben. Deshalb müssen wir aufhören, auf Satan zu hören, und schlicht und einfach *tun*, was der Herr uns gesagt hat.

Sie entgegnen: „Und wenn ich dabei verletzt werde?“ Christsein ist keine Garantie dafür, daß wir nie verletzt werden. Petrus sagt: **„Da nun Christus im Fleisch gelitten hat, so waffnet auch ihr euch mit demselben Sinn ...“** (1 Petr 4,1). Zu wissen, daß Jesus Christus für die Sünden der Welt gestorben ist, ist etwas ganz anderes, als seiner Aufforderung **„Komm, folge mir nach!“** (Lk 18,22) nachzukommen. Die Ängste, die uns binden, sind oft auf unseren wankelmütigen, unentschlossenen Willen zurückzuführen. Sobald wir beschließen, Christus wirklich nachzufolgen, kann die Gebundenheit durch Angst überwunden werden.

Sie fragen vielleicht: „Wo ist da das göttliche Gegengift oder der Ort der Bewahrung?“ Der Herr hat uns nie verheißen, daß wir gegen Schmerzen immun sein würden. Wir werden immer wieder verletzt werden. Doch aufgrund der Liebe Christi wird unser innerer Mensch keinen Schaden erleiden. Jesus sagte: **„Ihr werdet aber sogar von Eltern und Brüdern und Verwandten und Freunden überliefert werden, und sie werden einige von euch töten; und ihr werdet von allen gehaßt werden um meines Namens willen. Und nicht ein Haar von eurem Haupt wird verloren gehen“** (Lk 21,16-18).

Gott hat nicht verheißen, uns Konflikte zu ersparen, sondern uns in Konflikten beizustehen. Auch wenn wir getötet werden, wird jeder Teil unseres Lebens eine Auferstehung erleben und nicht „ein Haar von unserem Haupt wird verloren gehen“. Ja, das Wissen, daß der Tod uns nicht halten kann, ist Teil unseres Arsenals, das wir gegen die Drohungen des Teufels einsetzen. Wenn wir wissen, daß der Tod nichts anderes ist als die Begegnung mit Gott und daß wir mit unserem Abschied von der Erde gleichzeitig im Himmel ankommen, kann der Teufel uns nicht mehr mit Todesangst quälen.

Beten wir noch einmal: *Herr, vergib mir meine Angst. Ich bekenne, daß ich mein Leben retten will, obwohl du mich dazu aufgerufen hast, es um deinetwillen zu verlieren. Durch die Kraft des Heiligen Geistes weise ich die Angst von mir. Gott hat mir keinen Geist der Furchtsamkeit gegeben! Vater, ich ordne mich der Vision und dem Mut deines Sohnes Jesus unter, damit ich in Übereinstimmung mit deinem Willen lebe, egal, was es kostet.*

Ich bete auch für andere im Leib Christi, die gegen übersteigerte Angstzustände und erschreckende Gedanken ankämpfen. Im Namen Jesu binde ich den Geist der Angst und bitte dich, Herr, dein Volk von all seinen Ängsten zu befreien, so wie du es verheißen hast. Im Namen Jesu. Amen.

> Unser Kreuz auf uns nehmen heißt, den alten Menschen, die wichtigste Zielscheibe satanischer Angriffe, ans Kreuz zu schlagen, um in Gemeinschaft mit dem auferstandenen Christus am Ort der Bewahrung zu wohnen.

4. Um den Angriffen gegen eine Gemeinde – den permanenten Ärgernissen, der Spaltung und den Streitigkeiten – einen

Riegel vorschieben zu können, müssen wir erkennen, ob bzw. daß der Teufel dahintersteckt.
Tausende von Gemeinden haben in ihrem Kampf gegen die Finsternis die Oberhand bekommen, indem sie einfach nur erkannten, daß der eigentliche Feind nicht andere Menschen sind, sondern der Teufel. Väter, Mütter, Pastoren, Fürbitter und alle Mitarbeiter im Leib Christi brauchen dieses grundlegende Wissen über den geistlichen Kampf sowie die Bereitschaft, Autorität auszuüben.

Wenn der Feind uns und andere Menschen in Streitigkeiten verwickeln und entzweien will, müssen wir uns dessen bewußt werden, daß Satan mit diesem Vorhaben uns alle von dem Segen abhalten möchte, den Gott für uns bereithält. Aus diesem Grund müssen wir so schnell wie möglich Fürbitte *für* die betreffende Person oder Gemeinde tun.

Wir sollten diese Haltung des Gebets nicht nur in Bezug auf unsere unmittelbaren innergemeindlichen Beziehungen, sondern auch in Bezug auf den gesamten Leib Christi vor Ort einnehmen. Wir sind unseres Bruders Hüter. Wenn wir dem Feind wirksam widerstehen wollen, müssen wir uns darüber klar werden, daß sich die Gemeinde zu einem Haus des Gebets entwickeln muß.

> Isoliert und gespalten können wir die Pforten der Hölle nicht überwältigen. Doch vereint als Haus des Herrn betreten wir voller Ehrfurcht einen ganz besonderen Ort: den Ort der Bewahrung in unserer Stadt, die Tore des Himmels selbst.

Herr, bitte gib uns die Gabe der Geisterunterscheidung. Vergib uns, daß wir einander verurteilen und dabei nicht erkennen, daß der Feind am Werk ist, um uns zu entzweien. Vater, wir ordnen uns dem Sinn Christi unter; wir bitten darum, so sehen zu können wie er, damit wir verstehen, was du innerhalb des Leibes Christi tust.

Herr, wir bitten auch um die Kühnheit, einander vor der Stimme der Anklage und des Argwohns zu verteidigen. Herr, hilf uns zu beten, wenn uns ein Gerücht zu Ohren kommt, in den Riß zu treten, wenn wir einen Fehler entdecken, und ein Haus des

Gebets für den Leib Christi in dieser Stadt zu werden. Im Namen Jesu. Amen.

12

„Zauberei“ unter Christen

Wir haben uns bisher mit der Form von Zauberei befaßt, die von außen auf den Leib Christi abzielt. Aber Satan beschreitet noch einen anderen Weg, um Gemeinden mit Flüchen zu belegen. Es handelt sich dabei auch um Zauberei, doch diesmal agieren nicht Satanisten zugunsten des Teufels, sondern fehlgeleitete Christen. Ein entscheidendes Einfallstor für Flüche und Zauberei in eine Gemeinde sind üble Nachrede, Geschwätz und Lästerung unter Christen.

Solange es der Leib Christi nicht gelernt hat, füreinander zu beten, werden wir immer wieder von Dämonen manipuliert werden, die sich die Tatsache zunutze machen, daß die Christen nicht beten. Schauen wir der Wahrheit ins Auge: Was tun Christen als erstes, wenn sie innerhalb der Gemeinde Sünde oder Versagen vorfinden? Anstatt darüber zu weinen und zu beten, steigen sie sofort in die tiefsten Tiefen der üblen Nachrede. Diese hemmungslose Tratscherei wirkt sich auf den Christen, der zu Fall gekommen ist, praktisch wie ein Fluch aus.

Nehmen wir einmal an, ein Bruder – den wir kurz „Bob“ nennen wollen – hätte an einem Wochenende eine Zechtour unternommen. Er ist seit zehn Jahren Christ, war jedoch vor seiner Bekehrung Alkoholiker. Dies ist nun das dritte Mal in zehn Jahren, daß er einen Fehltritt begangen hat. Drei Leute, die seine Situation kennen, sitzen in der Gemeinde beisammen und reden über ihn. Ihre Unterhaltung hört sich in etwa folgendermaßen an:

„Habt ihr schon von Bob gehört? Von Freitag bis Sonntag vormittag wurde er nicht mehr nüchtern“, sagt der erste.

„Nun, das wäre ja nicht das erste Mal. Und so jemand nennt sich Christ!“, erwidert der zweite.

„Es macht mich rasend“, sagt der dritte, „daß er auf seiner Zechtour das Haushaltsgeld seiner Familie ausgegeben hat. Ich habe mich schon immer über ihn gewundert und konnte eigentlich nie glauben, daß er wirklich Christ ist!“

Und in diesem Grundtenor reden sie eine Zeitlang weiter, bis plötzlich die Tür aufgeht und Bob hereinkommt! Die Unterhaltung geht in ein undefinierbares Gemurmel über und mündet schließlich in ein oberflächliches: *„Hallo Bob, schön dich zu sehen!“*

Aber es ist alles andere als „schön“. Nach dem ersten Blickkontakt sieht keiner mehr zu Bob hin, weil alle drei nur noch auf den Boden starren und dort scheinbar verzweifelt nach irgendetwas suchen.

Bob ist da nicht in bloßes „Gerede“ über ihn hineingeraten; das war Zauberei. Freilich war es keine vorchristliche, europäische oder afrikanische Zauberei, aber was sie Bob antat, war im Grunde dasselbe: Sie brachte ihm Tod. Er spürte es, und die drei spürten es auch. Tod. Man konnte ihn förmlich greifen; wie ein Schleier legte er sich über die vier.

Doch stellen wir uns einmal vor, drei andere Leute hätten sich in einem anderen Raum der Gemeinde getroffen. Sie kennen Bob auch, gehören jedoch zum Fürbitte-Team der Gemeinde. Sie treffen sich nicht, um Bobs Situation zu diskutieren, sondern für ihn zu beten. Im Verlauf ihres Gebets hört man immer wieder den Schrei:

„O Gott, du weißt, daß Bobs Vater ein Alkoholiker war, und du hast ihn vor zehn Jahren von dieser Bindung befreit. Herr, laß ihn um deines Namens willen nicht mehr dorthin zurückkehren!“

Der nächste betet: „Herr, du hast Bob in den vergangenen drei Jahren davon abgehalten, zur Flasche zu greifen! Mehr als tausend Tage blieb er nüchtern. Herr, wende dich ihm zu in deiner Gnade. Richte ihn wieder auf.“

Der dritte Fürbitter sagt: „Herr, hilf uns, ihm zu helfen. Herr, wir gehen jetzt im Gebet gegen den Verkläger der Brüder vor, der Bob verdammen und ihn aus dem Reich Gottes tilgen will. Wir weisen diesen Geist im Namen Jesu hinaus!“

Und so beten sie weiter, bis zu ihrer großen Freude auf einmal Bob den Raum betritt, in dem sie vor Gott knien. Augenblicklich springen die drei auf und umarmen Bob, sichern ihm zu, daß sie ihn lieben und Glauben für ihn haben und ermutigen ihn, mit Christus weiterzugehen.

Sehen Sie den Unterschied zwischen den beiden Gruppen? Die erste bringt Tod, die zweite Leben. Die erste Gruppe praktiziert im Grunde eine Form von Zauberei, weil sie unter dem Einfluß eines religiösen Geistes steht; die zweite Gruppe bringt die Fürbitte Christi vor Gott und trägt dazu bei, daß der Bruder gerettet wird.

Worte mit Leben füllen!

Es gibt neben den Beziehungen zwischen den Gemeindemitgliedern noch andere Bereiche, in denen Christen einander den Tod anstatt Leben bringen. Auch die Einstellung zu ihrem Pastor kann eine Gemeinde unter den Einfluß eines Geistes der Zauberei bringen. Denn die Schrift sagt ja: **„Rebellion ist wie die Sünde der Wahrsagerei“** (1 Sam 15,23; wörtl.a.d.Engl.). Wenn Sie ein Problem mit Ihrem Pastor haben, dann beten Sie für ihn; wenn Sie den Eindruck haben, der Herr rufe Sie in eine andere Gemeinde, müssen Sie sich nicht erst gegen Ihre jetzige Gemeinde auflehnen, um sie verlassen zu können.

Bitten Sie Ihren jetzigen Pastor um seinen Segen. Wenn es einen Konflikt gibt, sollten Sie einander unbedingt vergeben und sich verpflichten, füreinander zu beten. Bitten Sie ihn, die Gemeinde darüber in Kenntnis zu setzen, wo Sie hingehen, und teilen Sie es Ihrem neuen Pastor mit, falls Ihr jetziger Pastor eine Sicht für Sie hat oder Sie konkret unterstützen möchte. Wenn die Zeit des Abschieds gekommen ist, sollten Sie dem Dienst und den Leuten, die Sie verlassen, unbedingt Ihren Segen geben.

In meiner Gemeinde „River of Life“ ist es üblich, Menschen, die zu einer anderen Gemeinde überwechseln wollen, zu segnen und Gott für die gemeinsame Zeit zu danken. Wenn sie dazu bereit sind, holen wir sie im Gottesdienst nach vorne, wickeln sie gleichsam wie ein „Geschenkpaket“ in unsere Liebe ein und ermahnen sie, nie zu vergessen, daß sie ein Segen von uns für ihre nächste Gemeinde sind.

Was Sie auch tun – gehen Sie niemals in Rebellion! Wenn Sie dies tun, werden Sie der Zauberei ein Einfallstor öffnen. Sobald Sie anfangen, andere Christen zu verurteilen, stehen Sie zudem unter dem Gericht Gottes. Bewahren Sie sich eine demütige Haltung gegenüber Gott und achten Sie auf die rechte Gesinnung, so werden Sie selbst und alle anderen, die mit Ihrem

Wechsel zu tun haben, vom Segen Gottes profitieren anstatt unter sein Gericht zu geraten, das eine rebellische Herzenshaltung nach sich zieht.

Auch innerhalb der Dienste kann Zauberei auftreten. Als Pastoren und Seelsorger stehen Sie oft in der Gefahr, schlecht über Gemeindemitglieder zu reden. Doch negatives Gerede über Gemeindemitglieder gefährdet deren potentielles geistliches Wachstum innerhalb der Gemeinde.

Wenn Pastoren, Älteste oder Diakone abschätzig – das heißt ohne Gebetsbegleitung und Liebe – über ein Gemeindemitglied reden, bekommen auch Flüche ein Einfallstor in die Gemeinde. Wo Verleumdung geschieht anstatt vor Gott zu flehen, wo getratscht wird anstatt zu Gott zu gehen, wird der Geist der Zauberei durch Ihre Worte genährt und weitergegeben; auf diese Weise werden Sie zum Werkzeug Satans, um die Situation Ihrer Gemeinde noch zu verschlimmern!

Übertragen wir dieses Prinzip nun noch auf die Beziehungen zwischen den Gemeinden einer Stadt. Wiederum gilt: Wenn wir nicht füreinander beten, kann uns der Geist der Zauberei und des Todes unterwandern und spalten. Wenn Sie mit einer Gemeinde vor Ort Probleme haben, dann besprechen Sie diese Angelegenheit mit Gott. Finden Sie heraus, was er denkt, bevor Sie mit den Leuten reden. Wenn Sie zuerst zu Christus gehen, werden Sie feststellen, daß er sich mehr um das Wohlergehen der anderen Christen sorgt, als Sie für möglich gehalten hätten.

Sie fragen: „Und wenn nun eine echte Irrlehre oder ein offensichtlicher Mangel in einer Gemeinde vorhanden ist?“ Bevor wir unsere eigenen Urteile fällen, sollten wir den Herrn fragen, wie er die Dinge sieht und wie wichtig ihm die Korrektur der Dinge ist, die wir für falsch halten. Wenn Sie der anderen Gemeinde zunächst ein Wort der Ermutigung vom Herrn für eine *momentane* Notsituation – z.B. persönliche Probleme – bringen, wird sie vielleicht später offen sein zu hören, über welche anderen Probleme Sie sich Sorgen machen.

Deshalb muß es unser oberstes Gebot sein, den Herrn um Unterscheidungsfähigkeit zu bitten. Wie gehen wir dabei vor? Im Buch der Sprüche finden wir eine großartige Erklärung hierzu. Salomo schreibt:

„Indem du der Weisheit dein Ohr leihst, dein Herz dem Verständnis zuwendest, ja, wenn du den Verstand anrufst, zum Verständnis erhebst deine Stimme, wenn du es suchst wie Silber und wie Schätzen ihm nachspürst, dann wirst du verstehen die Furcht des Herrn und die Erkenntnis Gottes gewinnen.“ (Spr 2,2-5)

Erkenntnis über Gott zu haben und die Erkenntnis Gottes über eine bestimmte Situation zu gewinnen, sind zwei verschiedene Dinge. Wir müssen immer wissen, wie Gott die Sache sieht. Haben wir nicht schon oft eine Situation verschlimmert, indem wir auf eine bestimmte Weise reagierten, ohne wirklich das Herz Gottes zu kennen? Wenn wir die Dinge sehen, wie er sie sieht, gewinnen wir weit mehr Einsicht als mit unserem eigenen Verstand. Auch wenn wir Probleme mit einer bestimmten Gemeinde haben, dürfen wir nie vergessen, daß Jesus auch für sie gestorben ist und sie ohne jeden Zweifel so liebt wie uns.

Bevor wir aufgrund eines offensichtlichen Mangels eine bestimmte Gemeinde verlassen, müssen wir deshalb zunächst für diese Gemeinde beten und mit großem Ernst die Erkenntnis Gottes über diese Situation zu gewinnen suchen. Ein Monat ist nicht zu lange, um den Herrn um Erkenntnis anzuflehen und die verborgenen Schätze der Einsicht Gottes zu suchen. Sobald Sie herausgefunden haben, was dem Herrn am Herzen liegt, führt er Sie vielleicht so, daß Sie in der Gemeinde bleiben und Sie mit dem Herz Christi und mit den Augen Christi sehen. Den Sinn Christi finden und an seiner Herzenshaltung festzuhalten, die stets auf das Heil abzielt – das ist der Schlüssel!

Der schlechteste Nährboden für Zauberei

Eigentlich sollte die Familie der schlechteste Nährboden für Zauberei sein. Doch wie oft herrscht in unseren Häusern nicht eine geistliche Atmosphäre des Friedens, sondern der Zauberei, wenn der Zorn eines verbitterten Elternteils das Kind trifft!

Als Gott Ihnen Kinder schenkte, gab er Ihnen auch Liebe, damit Sie effektiv für Ihren Nachwuchs beten können. Geben Sie dieser Liebe Raum, sich vor Gott im Fürbittgebet auszudrücken. Machen Sie es sich zur Regel, niemals länger über Ihre Kinder zu jammern und zu klagen als für sie zu beten. Und selbst wenn Sie jahrelang beten müssen – bleiben Sie dran. Denn wenn bei Ihnen zu Hause eine geistliche Atmosphäre des Todes herrscht, vernichten Sie damit zwangsläufig auch Ihr eigenes Leben.

Es gibt Zeiten, in denen durch ein Kind, meist ein Teenager, der gegen die Autorität seiner Eltern rebelliert, ein Fluch über eine Familie kommt. Wir erwähnten bereits, daß Rebellion wie die Sünde der Zauberei ist. Ein starrsinniges, trotziges Kind kann ein Tor in die Hölle aufstoßen, durch das Flüche und eine Aura des Todes in eine Familie eindringen können.

Nicht jede nichtchristliche Musik kann kategorisch als „schlecht" bezeichnet werden, aber *es gibt* satanistische Rockgruppen, deren Musik in den Händen Ihres Teenagers der Hölle Tür und Tor öffnet. Sie müssen die Maßstäbe aufrechterhalten, die Gott Ihnen für Sie und Ihr Heim gegeben hat.

Doch wenn Sie als Eltern reagieren ohne zu beten, wird die Beziehung zu Ihrem Kind dem Teufel um so leichter in die Hände fallen! Dies hat oft zur Folge, daß sich Familienmitglieder gegenseitig verfluchen, krank werden, ja sogar sterben.

Wenn wir Zauberei und Flüche erfolgreich aus unseren Beziehungen tilgen können, werden wir feststellen, daß wir um so sicherer am Ort der Bewahrung wohnen.

13

Wie man einen Satanisten zu Jesus führt

Es gibt Satanisten, die so sehr in der Hand des Teufels sind, daß man keinen Zugang zu ihnen bekommt; sie sind, wie die Bibel es formuliert, „unversöhnlich" (2 Tim 3,3). Aber es gibt auch Menschen, die *gefangen*, das heißt vom Teufel verblendet sind, und die der Herr befreien möchte. Diese Leute wirken nach außen hin womöglich genauso hoffnungslos böse wie jene „Unversöhnlichen", wollen jedoch in ihren Herzen insgeheim wissen, ob es in Christus noch Hoffnung für sie gibt.

Die stärkste Waffe, die wir gegen den Feind ins Feld führen können, ist das mit echter Liebe für alle Menschen verkündete Evangelium von Jesus Christus. Wenn wir wirklich den Wunsch haben zu erleben, wie Menschen vom Bösen befreit werden, kann Gott uns mächtig gebrauchen, auch um jene in Freiheit zu führen, die im Okkultismus verstrickt sind.

Jesus bezeichnete Satan als Lügner, ja als Vater der Lüge. In der Schlacht um die Seele eines Satanisten müssen wir als erstes die dämonische Festung anpacken, die den betroffenen Menschen gefangenhält; diese Festung besteht aus den Lügen, die Satan seinen Nachfolgern erzählt.

Täuschung ist der ureigenste Wesenszug des Teufels, den er zwangsläufig an jeden Teufelsanbeter weitergibt. Wenn Sie es mit einem Satanisten zu tun haben, reden Sie mit einem Menschen, der kein schlechtes Gewissen hat, wenn er lügt, täuscht und betrügt oder seine Bosheit hinter einem Deckmantel der Anständigkeit verbirgt.

Der Satanist weiß, daß Verblendung und Täuschung aktive Waffen im Arsenal des Teufels sind, weshalb er ohne mit der Wimper zu zucken Eltern, Lehrer, Polizeibeamte und andere Autoritätspersonen belügt. Darüberhinaus ist Täuschung in den Beziehungen der Satanisten untereinander allgegenwärtig.

Um die Seele des Satanisten zu gewinnen, muß die Täuschung und Verblendung, die ihn umgibt, ans Licht gebracht und gebrochen werden. Der Satanist ist ja selbst ein Opfer der Lügen des Teufels. Schließlich hat der Dämon, der den Satanisten lehrt, andere Menschen zu betrügen, auch ihn selbst belogen. Alles, was Satan dem Okkultisten sagt, ist Lüge, ein Versprechen, das er nie im Leben halten kann. Er schildert ihm die Hölle nicht als einen Ort der Qual, sondern der Freude. Er verspricht Leitern von Hexenzirkeln und Hexen (bzw. Zauberern) eine einzigartige Vorrangstellung in der Hölle, einen ganz besonderen Platz im Reich des ewigen Todes.

Der Teufel *kann nicht* die volle Wahrheit sagen, weil sich schon seine ganze Existenz auf eine Lüge gründet. *Es gibt keine „Sonderplätze" in der Hölle; die Hölle ist ein Ort der Strafe, nicht der Belohnung.* Der Teufel hat nicht die Autorität, die Strafe eines Menschen zu mildern oder seinen Nachfolgern in der Hölle herausragende Positionen zuzuweisen. Die Hölle „gehört" nicht dem Teufel; sie ist nicht seine „Festung", sondern der Ort seiner Peinigung.

Doch der Teufel führt seine Nachfolger nicht nur mit der Lüge über eine „zukünftige Belohnung" hinters Licht, sondern sichert ihnen auch zu, sie seien schon „zu weit" gegangen, als daß Gott ihnen ihre speziellen Sünden noch vergeben könnte. Er läßt sie in dem festen Glauben, daß ihr Zugang zu Gott ein für allemal und hoffnungslos verschlossen ist.

Dieses Wort „hoffnungslos" ist von besonderer Aussagekraft, weil es den langen, finsteren Korridor beschreibt, durch den ein Mensch in die Hölle hinabsteigt. Je tiefer er in die Zauberei hineingerät, desto mehr redet der Teufel ihm ein, daß eine Umkehr unmöglich sei.

Im Lauf seines Lebens kommt der Satanist an einen Punkt, an dem er eine Entscheidung trifft: Hatte er sich anfangs eher beiläufig mit dem Okkulten beschäftigt, wird seine Hingabe an den Teufel nun viel absoluter und perverser. Was dem Anschein nach eine neue, unerschütterliche Loyalität gegenüber Satan ist, ist lediglich die indirekte Folge einer Zeit der Depression und Resignation. In dieser Phase überzeugte Satan seinen Nachfolger endlich davon, daß Gott ihn ein für allemal verworfen hätte. Das Bollwerk der *Hoffnungslosigkeit* bewirkt diese uneingeschränkte Hingabe an das Böse, die echten, eingeschworenen Satanisten eigen ist.

Die zwei stärksten Waffen, mit denen der christliche Mitarbeiter das Bollwerk des Feindes niederreißt und auf die Befreiung der betroffenen Person hinwirkt, sind *Wahrheit* und *Hoffnung*. **Er muß den Satanisten davon überzeugen, daß der Teufel ihn in Bezug auf die Hölle tatsächlich angelogen hat; und er muß ihm vermitteln, daß es sogar für jemanden, der aktiv dem Teufel diente, Hoffnung gibt.**

Die Konfrontation mit dem Satanisten

Nach meiner Bekehrung verbrachten meine Frau und ich eine Nacht in Berkeley (Kalifornien). In dem Haus, in dem wir schliefen, wohnten mehrere Leute, unter anderem auch drei Mädchen um die zwanzig sowie ein Satanist.

Wie üblich redeten wir mit jedem, der uns offen schien, über Jesus, und bald darauf gaben die drei jungen Frauen ihr Leben dem Herrn. Während wir Zeugnis gaben, spielte der Satanist andauernd den Rolling Stones Titel „Sympathy for the Devil". Immer und immer wieder tönte das Lied im Hintergrund. Als die Mädchen und ich schließlich miteinander das Lebensübergabegebet sprachen, kam der Satanist zu uns ins Eßzimmer.

„Ihr Christen seid alle Heuchler", provozierte er uns. *„Eure ganze Religion ist doch schlichtweg erlogen!"* Wir blieben ruhig, weil wir unseren Neubekehrten den Frieden Christi und dem Satanisten die Liebe Christi demonstrieren wollten.

„Ihr redet über Liebe", bohrte er weiter, *„aber keiner von euch lebt danach. Und wenn ich nun deinem Mädchen hier* (er meinte meine Frau) *ins Gesicht schlage? Würdest du dann die andere Backe hinhalten? Würdest du mir dann immer noch mit Liebe begegnen?"*

Er stand auf, um Denise zu schlagen. Augenblicklich schoß mir ein Gedanke durch den Kopf und kam über meine Lippen. Ich sagte: *„In diesem Augenblick steht deine Mutter vor dem Thron Gottes und betet vor Jesus für dich."* Was ich sagte, hörte sich nicht so gewaltig an, aber es hatte eine erstaunliche Wirkung.

Es war unglaublich, aber der Satanist fiel nach hinten in seinen Stuhl und bemerkte, er könnte mit mir über das, was ich eben gesagt hätte, nicht streiten; in Tränen aufgelöst stand er auf und verließ das Zimmer.

Eines der drei Mädchen, die eben ihr Leben Christus gegeben hatten, kannte den Teufelsanbeter persönlich. Sie erzählte uns, er wäre gerade eben von der Beerdigung seiner Mutter zurückgekommen. Sie wäre eine engagierte Christin gewesen, die fortwährend für ihren verlorenen Sohn gebetet hätte. Dort, wo sie nun war – vor Jesus – leistete sie immer noch Fürbitte und bewog den Geist Gottes, mir die Worte in den Mund zu legen, die ihren angriffslustigen Sohn entwaffneten.

Ich wünschte, ich könnte berichten, daß wir anschließend diesen jungen Mann zu Christus führen durften. Doch dem war nicht so. Ich weiß, daß Gott an jenem Abend die Lüge, Gott kümmere sich nicht um ihn, bis in ihre Grundfesten erschütterte. Wir lernten dabei auch etwas, das sich in vielen anderen Situationen als außerordentlich wertvoll erwies: *Wenn wir mitten im Kampf für den Herrn offen bleiben, wird er uns geben, was wir im jeweiligen Augenblick brauchen.*

Das ist sehr wichtig, denn einige von uns werden vielleicht in Situationen geraten, in denen sie mit Satanisten oder gewalttätigen und besessenen Menschen sprechen müssen. Paulus sagte, wir bräuchten uns **„... in keiner Beziehung von den Widersachern einschüchtern [zu lassen]; das ist alsdann für sie ein Hinweis auf ihr Verderben, für euch dagegen auf eure Rettung ...“** (Phil 1,28; Menge). Mit anderen Worten: Lassen Sie sich nicht einschüchtern; zeigen Sie die Stärke Ihres Charakters in Christus, und das Werk Satans wird zu bröckeln beginnen.

Sie entgegnen: „Und wenn mir der Satanist mit körperlichem Schaden droht?“ Wir wurden schon öfters mit dem Tod bedroht, doch Gott hat uns jedesmal bewahrt. Doch wenn uns nichts anderes bliebe als der Tod, wissen wir, daß die Offenbarung des Charakters Christi unser Ort der Bewahrung ist. Deshalb haben wir uns im Herzen bereits vorgenommen, unser Leben *für* den Teufelsanbeter hinzugeben, so wie Jesus sein Leben für die hingab, die ihn kreuzigten.

Die meisten Satanisten wissen, daß Opfer von besonderer Bedeutung sind; schließlich sind sie Teil ihrer dämonischen Rituale. Sollte nun mein Leben zugunsten derer, die von Satan besessen sind, Gott geopfert werden, so weiß ich, daß dadurch erlösende Gnade zugunsten dieser Menschen freigesetzt werden wird und ich nicht umsonst gestorben sein werde.

So wie ewige Gnade freigesetzt wurde, als Jesus für jene starb, die ihn kreuzigten, und so wie eine einzigartige Gnade freigesetzt wurde, als Stephanus Saulus von Tarsus vergab, werde auch ich es akzeptieren, daß Gott mich – falls alles andere scheitern sollte – dazu gebraucht, um seine Liebe zu demonstrieren. Denn wenn ich in meiner Unvollkommenheit jenen Liebe und Vergebung bringen kann, die gegen mich sündigen, werde ich ihnen damit demonstrieren, daß Christus ihnen auch vergeben kann. Wir kämpfen ja nicht gegen die Satanisten, sondern gegen den Teufel, der ihre Seelen besitzt. Wenn wir sie für Christus gewinnen wollen, müssen sie von der Liebe Gottes überzeugt sein.

Befreiung für unsere Städte

Es gibt etliche Satanisten, die sich aus Rebellion gegen tote Erscheinungsformen des Christentums und aus Sehnsucht nach übernatürlicher Kraft der Zauberei und dem Okkultismus zuwandten. Wenn sie wirklich erkennen könnten, daß das Christentum echt ist, würden sie sich vom Bösen abwenden.

In der Apostelgeschichte lesen wir, daß der Durchbruch des Evangeliums in Ephesus zum Teil mit Leuten zusammenhing, die im Okkultismus verstrickt waren: **„Ja nicht wenige von denen, die sich mit Zauberei abgegeben hatten, brachten die Zauberbücher auf einen Haufen zusammen und verbrannten sie öffentlich“** (Apg 19,19; Menge). Der Herr schenkte vielen Menschen in Ephesus Befreiung; er kann dasselbe auch heute in unseren Städten tun.

14

„Was hat Gott gewirkt!“

Zu wahrem Glauben gehört Mut

Obwohl wir eingehend über Mächte und Gewalten, Zauberei und Flüche gesprochen haben, findet der größte Kampf, dem wir uns in diesen Tagen zu stellen haben, dennoch weder in der unsichtbaren Welt, noch auf unseren Straßen oder Plätzen statt, sondern in unserem Herzen – der Kampf des Glaubens.

Gott ruft jeden von uns auf, „mehr als ein Überwinder“ zu sein. Für Überwinder wird ohne Zweifel eine Zeit kommen, in der jedes gute Wort, das Gott je verheißen hat, eintreffen wird. Wir werden den Ort der Bewahrung in seiner höchsten Form finden und genießen; wir werden entscheidend dazu beitragen, der Welt Christus, das göttliche Gegengift, zu bringen, um ihre Gebrechen zu heilen.

Bis zu dieser Zeit verfolgt Gott das Ziel, in den Menschen, die er gebrauchen möchte, den Glauben zu vervollkommnen. Doch zu wahrem Glauben gehört Mut, da uns das Wort prüfen wird, bis es in unserem Leben zur Erfüllung gekommen ist.

Und genau an diesem Punkt steht derzeit der Leib Christi. Wir wissen und haben von Gott gehört und sind zuversichtlich, daß Erweckung kommen wird, und haben auch das Werk der Fürbitte angepackt. Doch von einigen Durchbrüchen einmal abgesehen, geht es mit den Städten, die wir verteidigen, moralisch und sozial immer weiter bergab.

Im Rahmen seines Plans, die Gemeinde seinem Bild gleichzugestalten, läßt Gott diese gegenwärtige Trübsal zu. Paulus sagte: **„Wir rühmen uns aber in unseren Trübsalen, weil wir wissen, daß die Trübsal Beharrlichkeit hervorbringt, die Beharrlichkeit aber einen bewährten Charakter ...“** (Röm 5,3-4; wörtl.a.d.Engl.). Durch die Prüfung unseres Glaubens entsteht ein **„bewährter Charakter“**.

Und genau aus diesem Grund muß sich die Prüfung notwendigerweise über einen gewissen Zeitraum erstrecken, denn *der Charakter bewährt sich erst im Lauf der Zeit.* In dieser Phase nimmt Gott das Herz und die Leidenschaft seiner Diener gefangen. Deshalb lautet die zentrale Frage während einer Glaubensprüfung: *„Werden wir weiterhin Gott glauben, obwohl wir Rückschläge erleben, die Prüfung lange dauert und die Umstände gegen uns sind?“* Ein Herz, das in Prüfungen am Vertrauen zu Gott festhält, demonstriert damit, daß der Gläubige das wahre Wesen Gottes kennt und weiß, daß dieser zu tun vermag, was er verheißen hat (vgl. Röm 4,21).

Denken Sie nur an Joseph. In einem Traum zeigte ihm der Herr, daß er irgendwann einmal über seine Familie herrschen würde. Doch schon innerhalb weniger Tage hatten ihn eben die Brüder, die er im Traum vor sich knien sah, als Sklaven verkauft!

Das biblische Zeugnis vom Leben Josephs gibt einen unschätzbaren Einblick, wie Gott an seinen Dienern handelt. Es heißt über ihn: **„Bis zu der Zeit, da sein Wort eintraf, prüfte ihn das Wort des Herrn“** (Ps 105,19; wörtl.a.d.Engl.). Bis zum Augenblick seiner Erfüllung prüft das Wort *alle* Diener Gottes!

Oder denken Sie an Israel. Gott hatte den Hebräern ein Land verheißen, in dem Milch und Honig fließt. Die Prüfung ihres Glaubens führte jedoch unverzüglich zu einer vierzigjährigen Wüstenwanderung voller Rückschläge und Bewährungsproben. Man könnte die Gültigkeit einer Verheißung in Frage stellen, deren Erfüllung so wenige Menschen erlebten. Doch für alle, die sich in den Zeiten der Bewährung den Glauben an Gott bewahrten, traf alles ein, was dieser verheißen hatte.

Josua, der dem Herrn uneingeschränkt nachfolgte, bezeugte: **„... Nicht ein Wort [ist] hingefallen ... von all den guten Worten, die der Herr, euer Gott, über euch geredet hat: alle sind sie eingetroffen für euch; kein einziges Wort davon ist hingefallen“** (Jos 23,14). Wir müssen uns dessen bewußt sein, daß ohne jeden Zweifel eine Zeit kommen wird, in der „all die guten Worte eingetroffen sein werden“. Bis dahin dient die Wegstrecke von unserem „Ägypten“ bis zu unserem „Kanaan“ der Vervollkommnung unseres Glaubens.

Eine Vision von der Ernte

Vor sechs Jahren gab Rick Joyners Buch *Die Engel, die Ernte und das Ende der Welt* zehntausenden entmutigter Gemeindeleiter wieder neue Hoffnung. Vor fünf Jahren standen John Dawson und ich auf und hatten im Grunde dasselbe zu sagen:

Gott will unsere Städte! John und ich kannten uns zwar nicht, aber er gab seinem Buch den Titel *Unsere Städte für Gott gewinnen*, während ich unter demselben Motto Konferenzen abhielt.

1971 bekam ich das erste Mal Hoffnung für eine landesweite Ernte. Nachts zeigte Gott mir in einer Vision eine Stadt, die von schrecklicher Finsternis eingehüllt war, einer Dunkelheit vergleichbar mit jener, die sich auf Ägypten gesenkt hatte. Sie war so real, daß man sie anfassen konnte.

Ich stand vor dieser Stadt und war mit Menschen zusammen, die gereinigt und buchstäblich in der Herrlichkeit Gottes „getauft" worden waren. In der Vision konnte ich die Kraft der Herrlichkeit Gottes tatsächlich spüren; sie durchfuhr jeden von uns wie ein hell leuchtender Blitzstrahl. Die Vision endete damit, daß eine große Menschenmenge die Finsternis verließ und Christus ihr Leben gab.

Während ich wach lag und über diese Vision nachdachte, griff ich zu meiner Bibel. Zum ersten Mal in meinem jungen Christenleben las ich Jesaja 60:

> **„Steh auf, werde licht! Denn dein Licht ist gekommen, und die Herrlichkeit des Herrn ist über dir aufgegangen. Denn siehe, Finsternis bedeckt die Erde und Dunkel die Völkerschaften; aber über dir strahlt der Herr auf, und seine Herrlichkeit erscheint über dir. Und es ziehen Nationen zu deinem Licht hin und Könige zum Lichtglanz deines Aufgangs."** (Jes 60,1-3)

Diese Verse bestätigten meine Vision! *Finsternis bedeckte die Erde, doch die Herrlichkeit des Herrn erschien über seinem Volk!* Sowohl in der Vision als auch in der Bibelstelle kamen unzählige Menschen aus der Finsternis heraus zum Herrn!

Seither war mir diese Vision von der Ernte vor allem in Zeiten der Prüfung und des Widerstands stets eine große Ermutigung. Doch mein Glaube beruht auf der Bibelstelle. Jedesmal, wenn ich die Finsternis überhandnehmen sehe, weiß ich aufgrund der Verheißung Gottes in Jesaja 60, daß nun nicht die Zeit ist, sich zurückzuziehen, sondern aufzustehen und licht zu werden!

Die Schrift kann nicht gebrochen werden

Die Bibel ist meine Zuversicht, da Jesus selbst sagte: **„Die Schrift kann doch nicht gebrochen werden“** (Joh 10,35; LÜ). Begreifen Sie das? Die Schrift *kann nicht* gebrochen werden; sie kann nur erfüllt werden. Jesus hat das Gesetz nicht abgeschafft, sondern erfüllt. Die Schöpfung wird vergehen, doch Gottes Wort wird sich erfüllen. Alle Verheißungen Gottes über die Herrlichkeit seiner Gemeinde, über seinen Zorn über die Völker, über seine Absichten mit Israel und über die Ernte müssen – ausnahmslos – mit einem Volk erfüllt werden, das die Verheißung Gottes hört, glaubt und festhält.

Es ist unser Glück, daß Gott, gleichgültig, was er mit der Menschheit vorhat, zwangsläufig mit unvollkommenen Menschen anfangen muß. Entlang des Wegs werden wir in der Heiligung wachsen, doch was uns trotz unserer Schwachheit rechtfertigt, ist unser Glaube: *Wir glauben, daß Gott erfüllen kann, was er verheißen hat.*

Gott ist ja nicht wie ein Mensch, daß er leere Versprechungen machen würde und sich nicht ganz sicher wäre, was er vorhat. Was aus dem Munde Gottes kommt, ist *der Sohn Gottes*, das Wort. Er hat alle Eigenschaften und alle Macht des Vaters. Weil das Wort *Gott* ist, kann es nicht zum Vater zurückkehren, ohne alles zu vollbringen, was er sich vorgenommen hat. Gott versagt nie.

Wenn der Herr nun sagt, seine Gemeinde werde **„... nicht Flecken oder Runzel oder etwas dergleichen“** haben (Eph 5,27), garantiert Jesus selbst, daß dieses Wort erfüllt werden wird, obwohl die Verheißung unvollkommenen Menschen gilt. Wenn der Herr sagt: **„Wer an mich glaubt, der wird auch die Werke tun, die ich tue, und wird größere als diese tun ...“** (Joh 14,12), wird dieses Wort zweifelsohne erfüllt werden, gleichgültig, wie schwach die Menschen sind, wenn sie anfangen, Gott zu glauben.

Mit Gott ist alles möglich. Die Frage ist nie, *ob* das Wort wahr werden wird, sondern vielmehr *wann* und *mit wem*, denn die Schrift kann nicht gebrochen werden.

„Königsjubel ist in ihm!“
Wenn unser Glaube nicht tätig wird, können wir dies natürlich damit rechtfertigen, daß im Leib Christi immer noch Sünden und Ängste vorhanden seien. Doch in der Nacht, als die Israeliten Ägypten verließen, hatten auch sie noch solche Mängel. Und Gott erfüllte seine Verheißungen trotz ihrer Sündhaftigkeit. Er befreite Israel von dessen Bindung an Sünde und Angst. In der verhältnismäßig kurzen Zeit von vierzig Jahren machte der Herr aus einer Nation, die seit mehreren Jahrhunderten nichts anderes als Knechtschaft gekannt hatte, eine gewaltige Armee, die von allen Völkern gefürchtet wurde.

Führen wir uns deshalb vor Augen, wie sich Israel *nach* der Zeit in der Wüste, auf den Ebenen Midians, kurz vor dem Betreten des verheißenen Landes verhielt. Beachten Sie, daß Balak, der Midianiterkönig, sie kurz vor dem Ziel mit Hilfe von Zauberei vom Einzug in Kanaan abhalten wollte. Doch jedesmal, als der Zauberer Bileam sie verfluchten wollte, segnete er sie. Bileam sagte: **„Wie soll ich verfluchen, wen Gott nicht verflucht, und wie verwünschen, wen der Herr nicht verwünscht hat?“** (4 Mose 23,8)

Wie bereits erwähnt, gibt es keine Macht im Universum, die nicht von Gott käme. Die Kraft Gottes manifestiert sich innerhalb seiner Beziehung zu uns Menschen entweder in Form eines Segens oder eines Fluchs. Während der Segen Gottes in unserer Welt allgegenwärtig ist und am Reichtum und der Schönheit der Schöpfung nachvollzogen werden kann, sagt Paulus, der Zorn Gottes ruhe auf **„Gottlosigkeit und Ungerechtigkeit“** (Röm 1,18).

Satan ist kein Gott, der die Macht hätte, Gutes und Böses zu schaffen. Er ist ein gefallener Engel, der durch göttlichen Erlaß **„mit ewigen Fesseln in Finsternis verwahrt“** wird (Jud 6). Satans List besteht darin, daß er die Finsternis, in der er gefangen ist, manipulieren und in begrenztem Maße seinen Willen durchsetzen kann. Doch der Einflußbereich der Hölle und deren Kräfte und Flüche beschränkt sich auf das, was bereits unter dem göttlichen Gericht ist. Wenn nun die Zauberer des Pharao die Plagen Moses offenbar nachmachen konnten, dann nur deshalb, weil sie ursprünglich von Gott gekommen waren.

Durch Sünde findet ein Fluch Zugang zum Leben eines Menschen. Wenn wir frei von Sünde sind, kann sich kein Fluch an unsere Fersen heften, da ein Fluch nicht durchdringen kann, was von Gott gesegnet wurde. Aus diesem Grund sagte Bileam auch: **„Es gibt keine Zauberei gegen Jakob und keine Wahrsagerei gegen Israel“** (4 Mose 23,23). Warum? Weil Gott **„kein Unrecht in Jakob erblickt“** und **„Er hat gesegnet, und ich kann's nicht wenden“** (V. 20-21).

Gott führte Israel, geistlich gesehen, an den Ort der Bewahrung vor Bileams Flüchen. Das ist eine erstaunliche Aussage! Waren das nicht die Söhne und Töchter derer, die aufgrund ihres Ungehorsams und Unglaubens in der Wüste umgekommen waren? Ja, aber Gott hatte sie verändert!

Obwohl Bileam ein Zauberer war, wußte er mehr über die Unverrückbarkeit einer göttlichen Verheißung als die meisten Christen! Er erklärte Balak:

> **„Stehe auf, Balak, und höre! Horche auf mich, Sohn des Zippor! Nicht ein Mensch ist Gott, daß er lüge, noch der Sohn eines Menschen, daß er bereue. Sollte er gesprochen haben und es nicht tun und geredet haben und es nicht aufrechthalten?“** (4 Mose 23,18-19)

Der Herr verhieß den Israeliten, er würde sie aus Ägypten herausführen, sie würden ihn in der Wüste anbeten und dann Kanaan einnehmen. Bileam sagte: *„Der Gott der Israeliten hat exakt das getan, was er verheißen hatte!“*

Man kann sich vorstellen, daß in den langen Jahren ihrer Wüstenwanderung unter den anderen Nationen viele Gerüchte über die Israeliten grassierten: *„Was in aller Welt tut der Gott der Hebräer?“* Man hat wohl viel Negatives über ihn gesagt. Auch etliche Hebräer hatten eine schlechte Meinung von ihm: „Du hast uns in die Wüste geführt, um uns dort zu töten, weil es in Ägypten nicht genügend Gräber gab!“ (vgl. 2 Mose 14,11)

Doch Bileams Reaktion verdeutlicht, daß sich die Fragen, Kommentare und Meinungen über Israel geändert hatten. Vergessen Sie nicht, daß Bileams Bericht schildert, wie *die Hölle* das Volk Gottes sieht! Er sagt:

> **„Der Herr, sein Gott, ist mit ihm, und Königsjubel ist in ihm. Gott ist es, der es geführt. Es hat Kraft wie die Hörner des Büffels ... Jetzt wird zu Jakob und zu Israel gesagt: Was hat Gott gewirkt!“** (4 Mose 23,21-23)

Was in der Vergangenheit Negatives über Israel gesagt wurde, war vergessen. Jetzt hieß es: **„Der Herr ist mit ihm!“** Vergessen Sie nicht, daß Israel zu jener Zeit keinen (menschlichen) König hatte. Doch als Bileam in die unsichtbare Welt hineinhorcht, hört er den Schrei, den „Kriegsschrei“ des Herrn der Heerscharen und sagt: **„Königsjubel ist in ihm!“** oder: „Man hört den Ruf eines Königs in ihrer Mitte!“ Der wahre König Israels hatte seine Macht mit den Armeen Israels eins gemacht! *Gott* hatte sie aus der Hand der Ägypter befreit; *Gott* hatte sie in der Wüste zubereitet! Früher hatten die Nationen für Israel nur Kritik und bissige Kommentare übrig; doch wenn sie das Volk Gottes jetzt sehen, bleibt ihnen nichts anderes als anzuerkennen: **„Was hat Gott gewirkt!“**

Genauso wird es dem Leib Christi gehen, der betet und ausharrt. Es wird ohne Zweifel eine Zeit kommen, in der die Prüfungen vorbei und unser Charakter bewährt sein wird. Dann wird man unter den Nationen sagen: *„Was hat Gott gewirkt! Erstaunlich, wie der allmächtige Gott diese Männer und Frauen verändert hat! Sie waren das Törichte, Schwache und Unedle dieser Welt, doch Gott hat an ihnen gewirkt, und ihr früherer Stand ist jetzt null und nichtig! Sind das nicht dieselben Leute, die früher voll Sünde und Angst waren? Doch jetzt sind sie ein Volk, vereint und getauft in der Herrlichkeit Gottes! Seht sie euch an! Der Jubel ihres Königs ist in ihrer Mitte; der Kriegsschrei des Erzengels eilt ihnen voraus.“*

Und so wird es geschehen, denn Gott ist kein Mensch, daß er lügen würde. Es steht geschrieben und kann nicht gebrochen werden. Wenn Gott es gesagt hat, wird er es auch tun. Wenn er es ausgesprochen hat, wird er es gut machen. Es kommt der Tag, an dem der Himmel und die Erde – ja, und auch die Hölle – staunend auf den Leib Christi schauen und sagen werden: *„Was hat Gott gewirkt!“*